채식주의자라는 이름으로

경주여고 산문집

채식주의자라는 이름으로

경주여고 산문집

제1판 제1쇄 발행 2015년 2월 9일
제1판 제3쇄 발행 2017년 12월 4일

엮은이 배창환
펴낸이 강봉구

펴낸곳 작은숲출판사
등록번호 제406-2013-000081호
주소 413-170 경기도 파주시 신촌로 21-30(신촌동)
서울사무소 100-250 서울시 중구 퇴계로32길 34
전화 070-4067-8560
팩스 0505-499-8560
홈페이지 http://cafe.daum.net/littlef2010
이메일 littlef2010@daum.net
페이스북 http://www.facebook.com/littlef2010

ISBN 978-89-97581-67-2 43810
값은 뒤표지에 있습니다.

국어 시간에 쓴 고등학생 글모음

작은숲
청소년
009

채식주의자라는 이름으로

경주여고 산문집

배창환 엮음

작은숲

차례

1부 화려하지 않아도 괜찮아 - 나, 성장, 명상

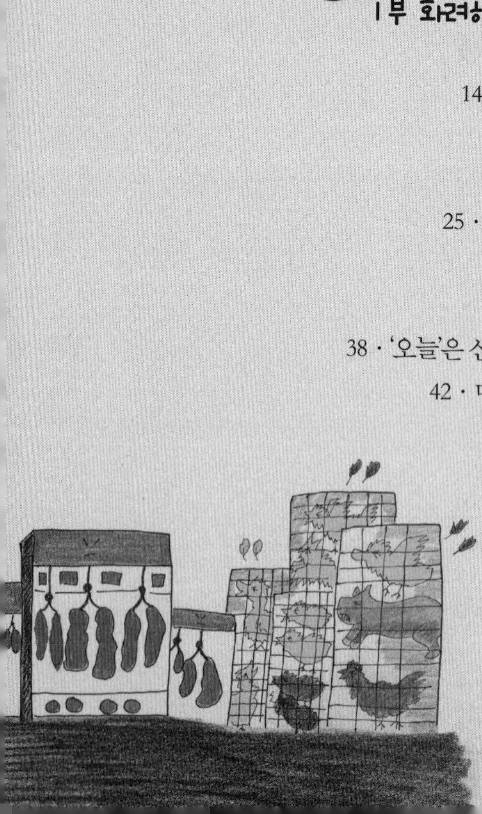

2부 어머니의 뱃살 - 가족, 이웃, 고향

3부 벽을 넘어서는 용기 - 학교, 친구들

4부 0과 1로 만든 마약 - 일상, 사회, 현실

5부 참새들의 회의 - 자연, 생태, 생명

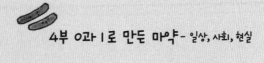

6부 널 좋아해 - 예술, 문화

머리말

학생 수필집을 내면서

1

학생 수필집 『어느 아마추어 천문가처럼』을 내고 경주여고로 학교를 옮긴 지 5년 만에 다시 학생 수필집을 내게 되었다.

그동안 아이들과 수필 쓰기 수업을 함께한 소중한 열매인 셈인데, 많은 아이들과 함께하는 일이어서 마냥 쉽지만은 않았다. 힘들었던 것은 300명 가까운 아이들의 글을 한 번 읽어보는 데도 눈이 아프고 시간이 많이 걸린다는 점이었다. 그래서 해마다 신학기 초만 되면 이렇게 힘 드는 일을 꼭 해야만 되나 싶은 생각도 슬그머니 고개를 들곤 하지만, 그 마음을 누르고 다그치면서 이 일을 계속하게 된 것은, 문학을 가르치는 교사로서 이런 정도의 글쓰기는 해서 내보내야 하지 않을까 하는 의무감도 있었지만, 더 큰 이유는 아이들의 글을 읽는 기쁨을 놓치고 싶지 않아서였다.

여간해서는 마음을 잘 열지 않는 요즘 아이들이 무슨 생각을 하고 있으며, 어떻게 변화하고 있는지는 아이들이 쓴 수필을 읽으면 어느 정도 알 수 있었다. 아이들은 수필을 쓰면서 감추어 둔 스스로의 내면을 곧잘 드러냈다. 때로는 드러내고 싶지 않아 보이는 일도 글로 쓴 다음에는 용기를 얻게 되어 다른 사람들에게 내보이는 일을 마다하지 않는다.

2

몇 년 전부터 나는 아이들을 2년씩 연이어 가르쳐 왔다. 1년이란 시간은 아이들을 알고, 교감을 나누고, 서로가 마음을 열고, 소통하게 되기에는 너무 짧은 시간이다. 신학기에 새로운 아이들을 만나는 기쁨도 기쁨이지만, 2년째 만나면 낯을 새로 익힐 필요가 없고, 무엇보다 연속성을 갖고 조금씩 차원을 높여서 수업을 할 수가 있어서 좋았다. 2년씩 시와 수필을 쓰다 보니 자연스럽게 소재를 넓혀서 다양한 글들을 얻을 수가 있었다. 글을 통해서 읽게 되는 아이들의 성장 속도는 실로 가늠하기 어려울 정도로 폭이 컸다. 그만큼 뿌듯한 느낌도 드는 것이어서 속으로 감탄하면서 몇 번이고 읽어보곤 하는 것이다.

이 수필집에 실린 내용 중 1, 2, 3부는 대체로 자신과 가족, 학교생활을 중심으로 쓴 것들인데, 아이들이 나와 만난 첫 해에 쓴 것들이고, 4, 5, 6부에 실린 작품들은 그 이듬해에 사회와 자연, 생명과 현실

일상, 예술 등으로 눈을 좀 더 넓혀서 깊이 있게 써 보라는 나의 주문에 응해서 씌어진 것들이라 할 수 있다. 아이들의 독서량이 증가하고 고민과 생각이 깊어짐에 따라 글도 자연스럽게 넓어지고 깊어져서, 두 해째 쓰는 수필을 읽는 기쁨은 첫 해에 비할 바가 아니었다.

나는 아이들이 글을 쓸 때는 꼭 마인드맵을 활용하여 충분히 구상하고 짜임을 만들고, 그 다음에 비로소 쓰기를 시작하는 글쓰기 과정에 충실하도록 했는데, 글을 다 쓰면 마인드맵과 짜임, 줄거리를 함께 거두었다. 거기에 잘 부응하여 정신을 집중하여 쓴 글 중에 우수한 작품들이 많이 나왔다.

3

글은 늘 자신의 세계를 드러내기 마련이다. 세상이 갈수록 탁해지고 앞이 안 보이는 지경으로 치닫고 있는 요즘에도 아이들의 마음에는 거울 같은 눈이 하나씩 달려 있어서, 그들이 몸 부딪고 살아야 할 이 세상과, 거기 살아가는 있는 자신을, 그 빛과 어둠을, 비교적 솔직하게 비춘다. 살고 있는 세상, 살아야 할 세상과 살아남아야 할 세상…… 그 혼돈 속에서 길을 찾고 또 길을 잃은 아이들…… 아이들은 스스로 상처 속에서 길을 발견하고 작은 생명들 속에서 큰 생명을 발견하고 위안을 찾기도 한다는 것을, 아이들의 글을 통해서 늘 확인해 왔다.

나는 이 아이들이 우리 세대가 살아 온 세상보다 좀 더 평화로운 세상에서 살 수 있으면 얼마나 좋을까 생각한다. 조장된 경쟁과 부풀려진 욕망을 넘어 화해와 나눔으로, 흙과 땀을 알고 예술을 알고 소박하고 평화롭게 살아갈 수 있으면 얼마나 좋을까 생각한다.

나의 아이들에게서 참 많은 것을 배웠고, 많은 것을 빚졌다. 올해 먼저 떠난 학교지만, 우리 아이들마저 이 학교를 떠나기 전에 예쁜 책으로 꾸며서 아이들의 졸업 선물로 주고 싶은 마음 때문에 기다리는 동안 많이 초조했다. 이제 그중 수필집 한 권이 '작은숲'에서 나오게 됐으니, 고맙기 그지없다.

아이들의 소중한 글들을 다 수록할 수 없었고, 지면 때문에 마지막 순간에 빠질 수밖에 없었던 아이들에게 참 미안하다. 하지만 아이들은 이해해 줄 것이다. 이 책이 있어서 흘러간 시간이 우리 곁에 따뜻이 머물게 되고, 이미 졸업하여 소식이 뜸해진 아이들도 다시 만날 수 있다면, 이 책의 가치는 우리 모두에게 날이 갈수록 더 커질 것이라 믿는다. 꼭 그러길 바란다.

갑오년 가을비에 낙엽 내리던 날

배창환

1부. 화려하지 않아도 괜찮아

나, 성장, 명상

화려하지 않아도 괜찮아

김소정

"......가로등이 아름답게 보였던 것은 가로등이 서로의 자리를 지키면서 각자의 능력에 따라 열심히 빛을 내고 있었기 때문이었다. 자기가 더 빛나 보이기 위해 싸우지도 않았고, 사람들이 많이 다니는 길에 서 있으려고 애를 쓰지도 않았다. 그냥 그저 겸손하게 자신의 능력에 맞게 살아가고 있던 것이다......"

– 본문 중에서

나의 모교인 감포중학교는 언덕 위에 위치해 있다. 그래서 매일 아침마다 거의 등산을 하다시피 등교를 했었다. 그래서 항상 친구와 같이 가면서 학교를 왜 이렇게 높은 곳에 지어서 우리를 이렇게 힘들게 하냐고 불평을 했었다.

하루는 밤에 학교 운동장에 운동을 하려고 학교를 갔었다. 그 날도 어김없이 경사진 언덕을 오르고 있었는데 같이 간 친구가 갑자기 "우와 ! 너무 예쁘다." 라고 말했다. 나는 매일 보는 바다가 뭐가 예뻐서 저러나 하고 옆으로 고개를 돌렸다. 그런데 그때 나는 정말 놀라운 광경을 보게 되었다. 우리가 서 있는 발 아래로 펼쳐진 경치에는 가로등이 있었던 것이다. 그냥 평범한 보통 가로등들이 집 사이사이에 우두커니 서서 빛을 내고 있었다. 아침하고 오후에만 그 길을 오르내렸기 때문에 밤 풍경을 한 번도 볼 수 없었던 나에게는 정말 새롭고 신선한 충격이었다. 어두컴컴하기만 한 항구 옆으로 다닥다닥 붙어 있는 집들 사이로 은은한 노란 빛을 비추고 있는 게 정말 아름다웠다.

난 그 풍경을 보면서 잠시 생각에 잠겼다. 저 가로등들이 어쩜 저렇게 예쁘고 아름답게 보일 수가 있는 걸까 하고. 곰곰이 생각해 보니 가로등은 한자리에 머물러 자신의 주변만을 비추고 있다는 것이 눈에 들어왔다. 가로등은 움직임도 없이 매일 그 자리를 지키고 서 있다. 다른 가로등 옆에 붙어 있지도 않고 간격을 유지해서 묵묵히 서 있을 뿐이다. 그리고 또 하나 발견한 것은 가로등들의 밝기가 다 제각기 다르다는 것이었다. 어떤 가로등은 세워진 지 얼마 되지 않아 정말 눈이 부시게 밝은 빛을 내고, 어떤 가로등은 시간이 오래 지났는지 불빛이 희미해져 있었다. 난 여기서 아주 큰 깨달음을 얻을 수 있었다. 가로등이 아름답게 보였던 것은 가로등이 서로의 자리를 지키면서 각자의 능력에 따라 열심히 빛을 내고 있었기 때문이었다. 자기가 더 빛나 보이기 위해 싸우지도 않았고, 사람들이 많이 다니는 길에 서 있으려고 애를 쓰지도 않았다. 그냥 그저 겸손하게 자신의 능력에 맞게 살아가고 있던 것이다.

우리네 인생은 끊임없는 경쟁으로 가득 차 있어서 자신을 좀더 빛내고 좀 더 잘나 보이기 위해 안간힘을 쓰며 살아간다. 어떻게 하면 자신의 겉모습이 더욱 더 화려해 보일 수 있을까 하고 끝없이 고민한다. 하지만 이런 생각들은 가로등 앞에 서면 모두 다 비워질 수 있을 것 같다. 진정한 내 모습을 발견하지 못하고 삶의 진정한 목적들을 잃어버린 채 남들이 하는 대로 따라가고 있는 우리를 가로등의 불빛에 비추어 보면 실속 없는 우리의 삶이 다 드러날 것 같다.

화려하진 않지만 각자의 능력에 맞게 최선을 다해 불을 비춰주는 가로등처럼 우리도 겉모습이 화려하지는 않을지라도 각자가 서 있는 그 곳에서 자신의 능력에 맞게 삶의 목표를 정하고 그 목표에 맞게 최선을 다해 살아간다면 그게 진정한 아름다움이 아닐까 싶다. 그런 우리 한 명 한 명이 모여서 사회를 이루게 된다면 내가 가로등을 보고 깜짝 놀라서 감탄을 멈추지 못했던 것처럼 정말 아름다운 사회가 될 수 있을 거라고 믿는다.

나를 사랑하기

최미정

"나는 내가 중심이 되는 세상을 살고 있었지만, '나'를 사랑하고 있지는 않았다. 그래서인지 '남'을 사랑하지도 않았다. 자기를 사랑하지 않는 사람은 남을 사랑하기가 힘이 든다. 왜냐하면 자기 안에 사랑이 없어서 남에게 사랑을 주지 못하기 때문이다. 이것을 깨닫기까지 18년이라는 짧다면 짧고 길다면 긴 시간이 있었다. 완전히 알아차린 것은 아니었어도 나는 나를 사랑하고 싶어졌다."

– 본문 중에서

이기심과 나태함, 부정적인 생각들은 내가 지치고 힘들다 보니 자연스레 나타났다. 이와 동시에 그것들로 가득 채운 하루하루를 버티다 보니 정말 나쁜 소식들만 줄줄이 찾아왔다. 어젯밤 울다 지쳐 더 흘리지 못한 눈물을 학교에서 친구들에게 우울증으로 전파하고, 집에서는 친구들에게는 차마 주지 못한 마지막 눈물을 어머니에게 화를 냄으로써 내 슬픔을 다 쏟아냈다. 그러면서도 나는 나를 세상에서 가장 딱한 아이라고 여겼다. 또한 세상은 '나' 중심으로 돌아가야 한다고 생각했다. 그렇게 매일 이를 갈며 '나는 왜 불행한가'라고 생각하던 순간, 우스꽝스러운 표정을 한 캐릭터와 대충 휘갈겨 쓴 듯한 글씨가 적혀있는 그림을 봤다. '오늘 좀 힘들었다고 슬퍼하지 마. 내일도 어차피 힘드니까ㅋㅋㅋ' 이 문구는 기분이 나빴지만 정확히 맞는 말이었다. 고작 5분도 안 되어서 완성됐을 것 같은 이 그림이, 나의 마음을 움직였다. 기분은 매우 묘했다. 짜증스러우면서도 너무나 통쾌한 기분이 들었다. 그리고 내 마음 속 긍정의 최미정이 '그래 어차피 힘들잖아'라고 말해 주고 있었다.

나는 내가 중심이 되는 세상을 살고 있었지만, '나'를 사랑하고 있지는 않았다. 그래서인지 '남'을 사랑하지도 않았다. 자기를 사랑하지 않는 사람은 남을 사랑하기가 힘이 든다. 왜냐하면 자기 안에 사랑이 없어서 남에게 사랑을 주지 못하기 때문이다. 이것을 깨닫기까지 18년이라는 짧다면 짧고 길다면 긴 시간이 있었다. 완전히 알아차린 것은 아니었어도 나는 나를 사랑하고 싶어졌다. 내가 좋아졌고, 조증에 걸린 사람마냥 극도로 행복했다. 마음을 어느 정도 가라앉히고, 주위를 둘러보니 세상은 너무나도 아름다웠다. 신호등이 없는 횡단보도의 중간에 서서 어떻게 해야 할지 모르는 나에게 먼저 지나가라며 손짓하시는 차 속의 아주머니, 매번 지우개를 빌려주는 나의 짝지, 단지 피곤하다고 야간 자율 학습을 빼달라고 떼쓰던 내게 비타민을 건네며 힘내라고 하시던 선생님, 밤 늦도록 주무시지도 않고 내 침대의 전기장판을 켜 놓고 나를 반겨 주시는 어머니, 모두가 내겐 너무 큰 감동이었다. 나는 왜 이제야 알았을까.

'나'라도 '나'를 사랑해 줘야지. 나도 나를 사랑하지 않는데 누가 나를 사랑해 주겠는가. 거울 앞에 섰다. 나를 천천히 바라보았다. 나에게 말을 걸어보며 사랑한다고 되뇌이고, 나를 보며 웃었다. 웃는 게 아직은 어색했다. 사랑스럽고 재미있는 모습을 찾기보다는 못난 모습만 찾아냈다. 하지만 나에게도 눈으로 보기에 좋은 구석이 있으리라! 일껏 오랜만에 어머니와 시장에 장을 보러갔다. 아주머니께서 인심이 듬뿍 담긴 콩나물을 가격의 두 배로 주셨다. '딸내미가 예뻐서 더 주는 거예요.' 나를 사랑하니 정말로 나를 사랑해 주는 사람이 생기는구나. 착각일지라도 나는 뿌듯했다. 나를 사랑하는 것은 남이 나를 사랑하는 것과 같음을 다시 한 번 깨닫게 되었다.

내가 만약 좀 더 빨리 나를 사랑하는 방법을 알았더라면 그토록 힘든 시간도 없었겠지만, 지금의 나도 없었을 것이다. 또한 지금의 나와의 인연들을 만날 수도 없었을 것이다. 나는 현재 나만의 싱그러운 기쁨을 느끼고 있다. 나에게 감사하고 내 인연들에게 감사하단 말을 전하고 싶다. 그리고 그 위대한 5분의 그림을 그린 이에게도 감사의 말을 꼭 전하고 싶다.

나는 양팔로 나를 꽉 안곤 한다. 내가 나를 따뜻하게 안아주는 것은 뭔가 외로우면서도 짠해지지만 내가 얼마나 힘든지 가장 잘 알기에 스스로를 보듬어 줄 수 있기 때문이다. 내 양팔로 다른 사람을 안아 주는 날도 머지않아 오길 바란다. 남의 짐을 들어주는 것은 내 짐도 함께 누군가가 들어주는 것과 같기 때문이다.

나를 사랑하면 남을 사랑하게 되고, 남을 사랑하면 나를 사랑하게 된다. 나는 나를 위해서, 나의 인연들을 위해서 나를 사랑하고 있다.

나는 누구니?

최혜진

"……하지만 그들에게 모두 다른 최혜진이다. 바보가 되기도 하고, 똑똑한 아이가 되기도 하고, 모범생이 되기도 하고, 뒤처지는 아이가 되기도 하고, 철없는 아이가 되기도 하고, 철든 의젓한 아이가 되기도 하고, 착한 아이가 되기도 하고, 나쁜 아이가 되기도 하고, 당당한 아이가 되기도 하고, 소심한 아이가 되기도 하고, 비밀이 많고 숨기는 것이 많은 아이가 되기도 하고, 모든 것을 솔직하게 말하는 아이가 되기도 한다."

– 본문 중에서

나는 친구가 많다. 정말 친한 친구, 서로의 모든 것을 아는 친구, 착한 모습만 보여주는 친구, 인사만 하는 친구, 마음이 통하는 친구, 의지하게 되는 친구, 더 친해지고 싶은 친구, 그냥 친한 친구, 그냥 아는 친구, 친구라고 하는 이 작지만 큰 단어를 가지고 나에 대해 알아보려고 한다.

A 친구가 있다. 이 친구는 교회를 다니면서 알게 되었다. 처음에 우리 둘은 이만큼 많이 친해질 거라고는 생각도 하지 않았고 우리는

착한 모습만 보여주는 친구였다. 하지만 시간이 흐르고 흐르면서 우리는 더 친해지고 싶은 친구, 마음이 통하는 친구, 정말 친한 친구가 되었다. A친구와 함께 있으면 나는 엄마가 되고, 언니가 되고, 어른이 된다. 이 친구의 너무 순수하고 착하고 약간은 바보 같기도 한 모습을 보면 나는 더 강하게 되고 이 친구를 보호하기 위해 엄마가 되고 모르는 것을 알려주는 언니가 된다.

B 친구가 있다. 이 친구는 고등학교에 오면서 알게 된 친구다. 처음에 우리는 인사만 하는 친구였다. 그러다 우리는 착한 모습만 보여주는 친구에서 의지하게 되는 친구, 정말 친한 친구가 되었다. 이 친구는 나보다 덩치도 작고 더 여리고 더 순수하고 더 착하고 맑은 그런 아이이다. 그냥 언뜻 보기에는 나보다 약해 보이지만 강한 그 마음과 생각을 하는 그 친구와 있으면 괜히 투정 부리고 장난 많은 그런 철없는 아이가 된다.

C 친구가 있다. 이 친구도 고등학교에 오면서 알게 된 친구다. 처음에 우리는 그냥 아는 친구였다. 그냥 친한 친구에서 더 친해지고 싶은 친구, 의지하게 되는 친구, 그리고 없어서는 안 되는 친구가 되었다. 처음에는 정말 그냥 알고만 지냈고 그러다 그냥 친한 친구가 되었지만 이 친구의 생각에는 사고방식과 맘을 알게 되고는 더 친해지고 싶은 친구가 되었고, 말하지 않아도 아는 친구 사이가 되었다. 이 친구와 있으면 정말 그야말로 친구가 된다. 내가 엄마가 되지도 아이가 되지도 않고 정말 그야말로 친구가 된다.

이 A, B, C 세 명의 친구가 나의 가장 친한 친구들이라 생각이 되고, 이 친구들 말고도 나에게 친한 친구가 많다. 나의 친구들이다. 최혜진의 친구들이다. 하지만 그들에게 모두 다른 최혜진이다. 바보가 되기도 하고, 똑똑한 아이가 되기도 하고, 모범생이 되기도 하고, 뒤처지는 아이가 되기도 하고, 철없는 아이가 되기도 하고, 철든 의젓한 아이가 되기도 하고, 착한 아이가 되기도 하고, 나쁜 아이가 되기도 하고, 당당한 아이가 되기도 하고, 소심한 아이가 되기도 하고, 비밀이 많고 숨기는 것이 많은 아이가 되기도 하고, 모든 것을 솔직하게 말하는 아이가 되기도 한다.

이외에도 내가 모르는 나의 모습들이 많을 것이다. 누구나 느껴본, 지금 느끼고 있는 생각일 수도 있다.난 지금까지 느껴왔고 앞으로도 느낄 것이다. 누구나 느끼듯이 당연한 일일 수도 있지만 나는 가끔 이런 내 모습이 내가 맞나? 하고 헷갈릴 때도 있다. 그리고 가끔은 가식적으로 느껴지는 내 모습이 싫기도 하다. 왜 그렇게 되는 것일까? 사람은 한 사람인데 많은 사람에게 대하는 많은 사람이 느끼는 나는 왜 다른 것일까? 난 모두에게 똑같은 최혜진이고 싶다. 너무 많은 나의 모습에 어지럽고 낯간지러울 때도 있다.

하지만 그렇기 때문에 많은 사람들이 많은 친구들이 나의 곁에 있는 것이 아닐까? 하는 생각이 들기도 한다. 모두에게 늘 한결같은 사람, 똑같은 사람이 될 수도 있지만 이 세상의 모두가 다르듯이 그 다른 모든 사람들을 대하는 내 모습도 거기에 맞추어서 바뀌어지는 것이 아닐까? 하는 생각이 들기도 한다. 자기가 똑똑하다고 생각하는 사람에게는 약간 바보 같은 모습을 보여줘서 똑똑함을 더 높여주기도 하고, 아이 같은 사람에게는 어른스러움을 보이며 가르쳐 주고 이끌어주기도 하고, 열등감을 느끼는 사람을 보며 같이 뒤처지는 척하며 같이 동행하기도 하는 이런 모습. 이런 모습도 어쩌면 그 사람에 대한 작은 배려라고 할 수 있을까?

하지만 가끔은 나의 이런 판단이 잘못된 판단이 되어 작은 배려가 아니라 그 사람에게 상처가 될 수도 있다는 생각을 한다. 생각하기는 싫지만 어쩌면 지금도 나는 내가 모르는 수많은 모습 중 상처가 되는 사람일 수도 있다. 그건 정말 싫다. 그래서 사람을 대할 때 늘 조심스럽고 한 번 더 생각하고 행동하게 되는 습관이 생긴 걸까?

채식주의자라는 이름으로

장정은

"……처음엔 굉장히 혼란스러웠었다. 다들 내가 잘못됐다 손가락질하니 가끔은 정말 내가 잘못된 건가 하는 의구심이 들 때도 있었다. 하지만 지금은 전혀 개의치 않는다. 나는, 채식주의자는, 잘못되거나 틀린 것이 아니라 다른 것이기 때문이다. 한 사람 한 사람의 성격, 생김새, 웃음소리마저 각각 다르듯이……"

– 본문 중에서

어릴 때부터 어른들에게 귀 닳도록 들어왔던 말, 골고루 먹어라. 편식하지 마라. 불과 반 년 전만 해도 말 잘 듣는 아이였던 난, 이젠 '편식쟁이'다. 야채나 과일, 견과류만 먹는 편식쟁이. 즉 채식주의자. 나는 장정은 이름 석자 외에 채식주의자 라는 또 다른 이름을 가지고 있다.

처음에는 욕도 엄청 많이 들었었다. 정신이 나갔냐는 둥, 네가 무슨 스님이냐는 둥. 물론 그 가시덤불 같은 말들 속에 숨어있는 걱정들을 난 안다. 하지만, 그럴수록 나는 더 오기가 생겨 채식주의자라는 이름을 나에게 더 깊이 새겨왔다. 그 결과 나는 지금도 여전히 식생활에서는 소수이다.

처음엔 굉장히 혼란스러웠었다. 다들 내가 잘못됐다 손가락질하니 가끔은 정말 내가 잘못된 건가 하는 의구심이 들 때도 있었다. 하지만 지금은 전혀 개의치 않는다. 나는, 채식주의자는, 잘못되거나 틀린 것이 아니라 다른 것이기 때문이다. 한 사람 한 사람의 성격, 생김새, 웃음소리마저 각각 다르듯이.

내가 채식을 하는 것을 알게 된 사람들은 나에게 늘 질문을 한다. 그 중 첫 번째는 갑자기 왜 채식을 하게 됐냐는 것이었다.

인터넷에서 우연히 채식에 대해서만 포스팅을 해 둔 블로그에 들어가는 것을 시작으로 나의 채식은 시작되었다. 그땐 아직 채식에 대해 거리감이 느껴지던 때라 별다른 감흥 없이 이것저것 둘러보던 중, 다른 빽빽한 글보다는 다가가기 쉬울 것 같은 만화를 찾았다. 그래서 심심함도 달랠 겸 만화를 봤는데, 처음에는 환경에 대한 이야기를 하다가 몇 편 지나고 나니 동물들의 이야기가 시작되었다. 고기, 계란, 우유 등이 식탁에 나오기까지의 그 과정들이 담겨져 있었다.

몸도 움직이기 힘든 작은 철장 안에 꼼짝 없이 갇혀, 주인이 주는 모이를 먹으며 살찌고 알 낳는 기계가 되어버린 닭들. 항생제와 성장 촉진제, 심지어 같은 동물까지 갈아 만든 사료를 먹은 소들. 태어나자마자 거세당하는 새끼 젖소와 꼬리가 잘리는 새끼 돼지들. 경악스럽기 그지없었다.

만화의 충격에서 채 벗어나기도 전에 동영상 하나를 보게 되었다. 동영상의 제목은 〈Meet Your Meat〉 — 여러분의 고기를 만나보세요 — 이 동영상은 당신이 먹는 것에 대한 적나라한 진실이 담겨 있어 매우 잔인하기 때문에 심장이 약하신 분들은 보지 않는 것이 좋을 것 같다는, 블로그 주인의 경고 메시지가 있었다. 징그러운 것은 영화나 책도 못 보는 나였지만 좀 더 확실한 진실을 알아야 했기에 용기 내어 재생 버튼을 눌렀다. 허나 그 용기도 얼마 가지 못했다. 차마 눈 뜨고는 볼 수 없을 정도로 잔인하고 끔찍했기 때문이다. 물론 우리가 고기를 먹으려면 동물들이 죽어야 한다는 것은 알고 있었지만 그 정도로 잔인하고, 끔찍하고, 비윤리적일 거라고는 상상도 하지 못했었다.

동영상도 동영상이지만 내게 아직까지도 잊혀지지 않는 것은 바로 처음 봤던 그 만화 속의 글이었다. 각 편의 해당 동물들이 직접 자기 얘기를 말하듯 적혀져 있었는데 너무 불쌍하고, 안타깝고, 슬펐다. 그리고 무엇보다도 죄책감이 가장 강하게 느껴졌었다. 지금까지 나는 고기를 볼 때 동물들을 보지 못하고, 한 생명이라 느끼지 못하고, 그저 고기로만 생각해 왔던 것이다. 난 그저 간사한 내 혀와 내 위장만을 생각한 것이었다. 그런 내가 너무 싫었다. 그래. 그때부터 난 채식주의자가 된 것이다.

사람들이 어쩌나 채식을 하게 됐냐고 물어 올 때마다 난 그들에게 내가 그 날 본 것들을 보여주고 싶지만 감히 내가 그들의 가치관을 바꿔버리게 될까 봐, 그 책임이 두려워 어물쩍 넘기곤 한다. 왜냐하면 그것은 치명적인 영향을 끼치기 때문이다. 지금 내가 이런 글을 쓰게 된 최초의 계기가 되었을 만큼.

두 번째로 내가 많이 받는 질문은 도대체 뭘 먹고 사냐는 질문이다. 고기, 생선, 달걀, 우유, 버터 등 모든 동물성 식품을 먹지 않는 Vegan(베건—완전 채식주의자)인 나에겐 이제 익숙한 질문이다.

사실 내가 먹을 수 있는 게 그리 많은 것은 아니다. 특히 내가 살고 있는 이 나라, 대한민국에선 더더욱 그러하다. 우리나라 사람들은 고기를 터무니없이 많이 먹기 때문이다. 물론 집에선 내 마음껏 만들어 먹거나 할 수 있지만, 밖에선 도시락을 싸 가지 않는 이상 거의 굶다시피 할 수밖에 없는 것이 한국 채식주의자들의 실상이다.

채식주의자들이 외식을 할 때엔 우선 음식점 찾는 것부터 난관에 부딪힌다. 스파게티, 햄버거, 초밥, 부대찌개, 삼계탕 등등 하나씩 제외하다 보면 결국엔 갈 곳이 없어진다. 버섯전골 집과 칼국수 집 같은 경우도 육수를 사용하기 때문에 그냥 지나칠 수밖에 없다. 남은 곳은 한식집인데, 웬만한 한식집은 돈도 비싸거니와 간단한 식사라기엔 양이 너무 많다. 몸매도 가꿔야하는 젊은 사람들에겐 여러 모로 부담스러워 가기가 꺼려지는 한식집이다. 이렇듯 채식주의자들은 밖에서는 한 끼 식사를 해결하기도 쉽지 않다.

불편함이 따르지만 그만큼 또 좋은 점이 따르는 것이 채식이다. 우선 변비로 고생할 일도 없고 체중 감량은 물론이거니와 미용에도 아주 큰 도움이 된다.

보통 단지 야채라는 이유만으로 영양이 부족하다고 생각하는데 이것은 잘못된 상식이다. 실제로는 채식이 웬만한 육식보다 더 많은 영양을 섭취할 수 있다. 게다가 채식을 하는 사람들은 육식을 하는 사람들에 비해 아주 건강하다. 실제로 장수하시는 분들의 대부분이 채식 위주의 식습관을 가지고 계신다.

그리고 이건 나한테만 적용되는 것일지 몰라도, 그 무엇보다 좋은 점이 하나 있다. 바로 마음가짐 자체가 달라졌다는 것이다. 원래는 학교에서 급식을 받을 때 무턱대고 다 받아놓고 안 먹은 음식은 버리곤 했었다. 그런데 생명의 소중함을 깨달은 지금은 안 먹을 음식은 아예 받지 않는다. 밥과 야채들도 내가 딱 먹을 만큼만 받고 받은 음식은 남김없이 싹싹 긁어먹기 때문에 급식 판을 내러 갈 때 나의 급식판은 항상 깨끗해서 음식물을 버릴 일이 없고, 난 그 급식판을 볼 때 마다 흐뭇하다.

또 하나 바뀐 점은, 평소에는 앞을 보고 걷던 길을 지금은 땅을 보며 걷게 되었다는 것이다. 행여나 무심한 내 발에 개미들이 밟힐까, 잘못 디디면 쑤욱 빠져버리는 구름 위를 걷듯 한발 한발 조심히 걷게 되었다.

사람에 따라 이런 내가 참 가식적이고 위선적으로 보일지도 모른다. 결코 난 가식을 떠는 것도 위선을 떠는 것도 아니지만, 대개 그렇게 생각하는 사람들이 많다. 그 중 어떤 이들은 뭐가 그리 불만인지 내게 이렇게 따져 온다. 식물은 생명도 아니냐고. 생명을 존중한다면 야채도, 과일도 먹지 말아야 할 것 아니냐고. 물론 전부 다 틀린 말이라 할 수는 없지만 이들이 한 가지 착각하고 있는 것은 분명하다. 결코 내가 식물의 생명을 하찮게 여기는 것이 아니라는 것이다. 식물 또한 동물과 똑같이 소중한 생명체이고, 세상의 모든 생명은 귀하게 여겨야 함이 마땅하다. 그렇기에 내가 소식(小食)을 하는 것이다.

그리고 나는 그들에게. 아니, 어쩌면 나 자신에게. 이렇게 말해 주고 싶다. 내가 채식을 하는 것은 결코 이 세상 모든 생명을 구원하고자 함이 아니라고. (물론 그럴 수 있다면야 더할 나위 없이 좋겠지만 그건 내가 조물주가 아닌 이상, 불가능한 일이다.) 할 수 있는 한 소식(小食)과 채식을 함으로써 불필요한 살생을 막고, 살릴 수 있는 최대한의 생명들을 살리고자 함이 바로 내가 채식을 하는 이유라고. 마지막으로, 때문에 난 앞으로도 쭉 편식하며 채식주의자라는 이름으로 살아갈 예정이라고.

일상 속 작은 행복

이경선

"……길을 걷다가도 밝은 미소를 마주치게 되면, 그 미소는 나에게 행복의 바이러스가 되어 서로에게 기쁨과 여유를 갖게 해준다. 사실 행복이란 아주 작고 사소함에 있는 것이 아닐까. 행복의 비결은 생활의 안락함이 아니라 오히려 불편함에 있는지도 모른다. 거기에서 우리가 가진 것을 감사하며 즐기는 법을 배우기 때문이다."

- 본문 중에서

요즘 사람들은 바쁜 일상에 치여 작은 기쁨을 놓치는 경우가 많다. 매일 반복되는 평범한 일상, 그리고 거기에서 오는 무료함…… 가끔은 누구나 이런 반복적인 일상에서 벗어나 좀 더 새롭고 자극적인 비일상을 원하지만 그 평범함 속에서 작은 행복을 찾는 것, 그것이 인생을 살아간다는 것이 아닐까.

"학교 늦겠다. 빨리 일어나서 준비하자."라고 외치는 어머니의 울림이 나의 하루의 시작을 알리는 알람 소리이며 나를 깨워 주는 또 하나의 행복이다. 매일 똑같은 일상이지만, 또 다른 하루를 시작할 수 있다는 희망을 가지고 하루 일과를 시작한다. 집을 나서 학교에 가다 보면 바쁘게 오고 가는 차들 속에서 경쾌함을 느낄 수 있다. 학교 가는 길에 있는 빵집의 빵 냄새를 맡으며 군침을 삼킨다. 교문에서부터 학교 건물까지 그려져 있는 시화들도 한 번씩 읽어보고 이따금 새소리도 들으며 학교에 도착하면 매일 보는 친구지만 정겹게 인사를 나눈다. 0교시가 시작하기 전에 수업 시간표를 보고 미리 준비하도록 노력한다. 도서부 담당 요일이 되면 책 대출, 반납도 해주고 반납된 책들을 서과에 정리한다. 도서부원으로서 다른 친구들이 하지 않는 일을 하는 것도 나의 행복이다. 급식소에서 친구들과 수다 떨며 밥을 먹고, 양치질 하고, 다음 수업 준비를 한다. 끝이 없을 것 같은 야간 자율 학습 시간이 끝나고 집에 친구와 수다를 떨며 집으로 돌아간다. 충실하게 보낸 하루가 행복한 잠을 가져다준다.

사람들은 모두 행복을 어렵고 복잡하게 생각하는 경향이 있는데 행복이라는 것은 별 게 아니라 그냥 상대방이 즐겁고 또 내 마음이 즐거우면 그게 행복이라고 생각한다. 우리는 과거 때문에 미래 때문에 매일 매일의 소중한 이 순간들을 놓치지는 않는지 생각해봐야 한다. 자신의 삶에 충실하고 감사함을 느낄 때, 작은 것에 감사와 만족을 느끼는 순간, 진정한 행복은 찾아온다.

행복한 삶이란 길가의 풀 한 포기에의 관심과 가까운 사람들에게 보내는 덕담, 매일 포근한 공기에 대한 감사, 청소하시는 아주머니에게 먼저 건네는 따뜻한 말 한마디의 여유에서 나온다고 생각한다.

길을 걷다가도 밝은 미소를 마주치게 되면, 그 미소는 나에게 행복의 바이러스가 되어 서로에게 기쁨과 여유를 갖게 해준다. 사실 행복이란 아주 작고 사소함에 있는 것이 아닐까. 행복의 비결은 생활의 안락함이 아니라 오히려 불편함에 있는지도 모른다. 거기에서 우리가 가진 것을 감사하며 즐기는 법을 배우기 때문이다.

사람들은 누구나 행복해지기를 원하고, 행복해지기 위해서 열심히 노력한다. 행복하기 위해 노력한다는 것은 지금은 행복하지 않다는 뜻으로 해석될 수 있다. 사람들은 미래의 더 큰 행복을 위해 지금의 소중한 행복들을 놓치는 경우가 있다. 그런데 조금만 시선을 돌려보면 현재 나에게 소중한 행복들이 얼마나 많이 존재하고 있는지를 알게 된다.

프랑스와 마리 아루에는 "내가 있는 곳이 낙원이다."라고 말했고, 로버트 그린 잉거솔은 "행복할 때는 지금이며 행복할 곳은 여기."라고 말했다. 이 말들은 자신이 지금 있는 장소에서 행복하지 못하면, 어디에 있든 행복하지 못할 것이라는 뜻을 내포한다고 생각한다. 그러므로 오늘도 눈을 뜨고 건강하게 하루를 시작하는 일상에 감사해하고 행복해 해야겠다. 눈을 떠서 어제와 똑같이 갈 곳이 있음에 감사하고 행복해 해야겠다. 나의 이 평범한 일상이 누군가에게는 간절히 원하는 절실한 행복이 될 수 있다는 것을 잊지 말아야겠다.

괴로운 행복

윤수진

"……가끔 좋은 추억 같은 게 없었으면 좋겠다는 생각을 하기도 한다. 지금과 비교할 예전에 없었으면 지금 더 행복하지 않을까. 나는 요즘 자주 현재에서 벗어난다. 특히 벗어나서 과거로 가버린다. 현재를 두려워하고 있는 것 같다. 좋은 추억을 원망하면서. 언제쯤 나는 다시 현실로 돌아와 행복할 수 있을까?"

- 본문 중에서

가끔 좋은 곳에 놀러가거나 재밌는 일이 생기면 이런 얘기를 한다. '이것도 다 추억이야.' 좋은 일이든 나쁜 일이든 결국 다 추억이 된다. 그래서 사람들은 기왕이면 더 좋은 추억을 남기기 위해서 오늘도 노력한다.

최근 문학 시간에 '한계령'이라는 작품을 배웠는데, 한참 수업을 듣고 있다가도 나도 모르는 사이에 자꾸 나만의 세계로 빠져버렸다. 소설 속 '나'가 하는 생각들이 낯설지 않았다. 2년 전에 나는 어렸을 때 내가 살았던 아파트에 찾아갔었다. 정말 추억이 많은 곳인데….

10년 만에 찾은 그 곳은 여전했지만 달라보였다. 내가 그곳에서 살았을 때는 5~6살 되는 아이들이 놀이터에 와글와글 몰려와서 많이 놀았었는데, 아이들 웃음소리도 없이 아파트 전체가 적막에 싸여 있었다. 또, 예전에는 놀이터 뒤편 주차장이 엄청 넓어서 자전거를 타고 몇 바퀴나 신나게 돌았었는데, 내가 큰 건지 주차장이 작아진 건지. 이제는 몇 걸음 걸으면 주차장을 다 돌 수 있을 것 같았다. 놀이터도 마찬가지였다. 내가 큰 거겠지. 미끄럼틀 계단이 너무 높아서 낑낑 기어서 올라갔었는데. 아예 미끄럼틀 자체, 아니 놀이터 자체가 축소복사된 것 같이 보였다. 그렇게 넓었었는데. 이렇게 좁아지다니. 그리고 한계령에는 '은자'라는 고향의 표지판이 있지만, 나는 그때 표지판이 되어줄 수 있는 친구들을 그곳에서 찾을 수 없었다. 옛 기억을 더듬으면 대충 집 호수는 생각날 것 같은데, 여전히 그곳에 살고 있을지도 모르겠고. 용기도 없고. 아파트를 돌아보고 집에 돌아오면서 생각했다. 그때 정말 좋았었는데…. 많이 변했네. 다시 돌아가고 싶다, 그때로.

요즘에 특히 친구들 생각이 많이 난다. 초등학교 때 친구들. 놀이터에서 술래잡기도 하고 친구 집에서 숨바꼭질도 하면서 해 지는 줄 모르고 놀았었는데…. 이제는 할 수 없는 초등학생들만의 놀이. 초등학교 때 친구들 중에도 몇 명은 아직까지 만나고 친하게 지낸다. 만나서 즐겁게 이야기하다가도 나 혼자 괜히 마음이 싱숭생숭해진다. 애들이 예전과 달라졌다는 것을 느낄 때.

물론 내가 달라진 것일 수도 있다. 웃음 코드가 비슷해서 작은 것 하나에도 숨을 못 쉴 정도로 깔깔대며 웃었는데. 중학교, 고등학교 지나면서 조금 달라져 버린 모습이 왜 그렇게 마음이 아프던지. 둘이 아무것도 없는 방에 앉아서도 쉬지 않고 웃었던 것 같은데. 이제 둘이 있으면 그때와는 좀 다른 공기가 그 애와 나 사이에 흐르는 것 같다. 아무것도 아닌 것에 실컷 즐거워할 수 있었던 그때로 돌아갈 수 있었으면 좋을 텐데.

생각해 보면 난 정말 행복한 사람이었던 것 같다. 좋은 추억도 많고. 그래서 그리워할 것도 많고. 근데 왜 이런 좋은 추억들은 떠오르면 떠오를수록 괴로울까? 추억이 남아 있는 장소, 추억을 함께 나눈 친구들. 결국 변하는 건 당연한 건데 그 당연한 걸 받아들이는 게 너무 힘들다. 그리고 떠오를 때마다 내가 나를 과거에 가두는 것 같아 그것도 싫다. 지금의 나도 결국 미래의 내가 뒤돌아 볼 추억일 텐데. 그리고 자꾸 과거의 행복했던 기억을 끄집어내는 것이, 지금의 힘든 상황을 잠시라도 잊고 싶어 그러는 것 같아서 내 스스로가 안쓰럽다. 툭하면 '예전엔 안 그랬는데.' 이런 생각을 하고 있다. 예전엔 안 그랬는데 지금은 왜 그럴까. 장소나 친구뿐만 아니라 나 역시도 과거에 가둬 넣고 있었다. 과거에 행복했던 일이 지금의 나를 더 비참하게 만드는 것 같다. 아니, 생각해보면 결국 또 내가 변했기에 모든 게 달라 보이는 것 같기도 하다.

이런 생각을 시작하면 매번 생각이 돌고 돈다. 가끔 좋은 추억 같은 게 없었으면 좋겠다는 생각을 하기도 한다. 지금과 비교할 예전에 없었으면 지금 더 행복하지 않을까. 나는 요즘 자주 현재에서 벗어난다. 특히 벗어나서 과거로 가버린다. 현재를 두려워하고 있는 것 같다. 좋은 추억을 원망하면서. 언제쯤 나는 다시 현실로 돌아와 행복할 수 있을까? 나는 지금을 살고 싶은데 마음은 자꾸 두려운지 다른 데로 도망가 버린다.

'오늘'은 신이 주신 가장 큰 선물이다

이혜지

"…… 미래를 알 수 없기에 우리는 더더욱 주위를 살피며 천천히 느긋하게 살아가야 한다. 하루하루를 소중하게 여기고 길을 걷다가 푸른 마음의 새파란 하늘을 바라보며 내 옆을 지나가는 상쾌한 바람을 느끼고, 주위의 모든 존재들이 연주하는 조화로운 소리에 귀를 기울이며 여유롭게 살아 나가는 것이다."

- 본문 중에서

요즘은 가끔씩 학교에 가다가, 길거리를 걷다가, 그리고 내방에 누워서는 종종 이런 생각이 든다. 세상이 참 어지럽고 바빠졌구나 하고.

몇 달 전 국어 독후감 숙제로 읽은 책이 하나 있었다. 그 책은 작가가 몇 년 간 신문의 북 칼럼에 게재했던 글들을 모은 것으로 하나의 글들이 각각 독립된 짧은 글 형식이었다. 거기에 도스토예프스키와 그의 작품들에 대해서 쓴 '내게 남은 시간'이라는 한 개의 이야기가 있었다. 이 한편의 주인공인 도스토예프스키는 사형을 당할 위기에서 기적적으로 살아남은 뒤 그의 체험을 기록한 한 권의 책을 발표했다. 그리고 그는 그 작품이 미완성이라고 말하며 향후 20년간 계속 쓸 계획을 밝혔지만 불과 2개월 뒤에 급사하고 만다. 그는 자신에게 시간이 많이 남아 있다고 생각했었겠지만 그렇지 않았다.

어쩌면 우리들도 마찬가지 일지도 모른다. 그럼에도 불구하고 모두들 똑같이 매우 바쁜 현재를 살아가고 있다. 하루의 1분 1초라도 헛되게 쓸 수 없기에 될 수 있으면 최대한 효율적으로 살아가기 위해서 끊임없이 몸부림친다. 나도 예외는 아니다. 정신없이 바쁜 세상을 살아가면서 이제는 하루 종일 빠르게 움직이는 것이 생활 습관이 되어버렸다.

우선 학교에 가기 위해서 매일 아침 일찍 일어나서 물마시듯이 식사를 하고, 차를 빨리 타기 위해서 아침마다 종종 걸음을 걷고, 고작 10분이라는 짧은 쉬는 시간에는 할 수 있는 한 여러 가지 일들을 하고, 정신없이 수업을 듣고, 공부를 하고, 그리고 집에 온다. 이렇게 많은 일들을 수행하기 위해서 주위에는 점점 무관심해지고 자신만을 위해서 살아가게 된다. 종종 왜 이렇게 인생을 바쁘게 살아가나 하는 의문이 든다.

얼마 전 교내에서 시 낭송과 시 UCC 축제가 열려서 '서정홍' 시인의 초청 강연회가 있었다. 안내 책자에 실린 사진을 보니 굉장히 인자하게 생기셔서 웬지 좋은 분이실 것 같다는 생각이 들었다. 예상대로 그 시인은 온화하시고 유머감각도 뛰어나셨다. 그날의 강연은 굉장히 재미있었는데 그 중에서도 자연과 함께 살아간다는 점이 정말 대단하고 부러웠다. 시인으로는 부족하셨던지 농촌으로 돌아가 농사를 짓는 농부도 겸하고 계셨는데 한마디로 말하자면 '농부 시인'이었다. 편안한 도시 생활을 마다하시고 힘든 농촌 생활을 선택하신 이유는 자신의 손으로 직접 건강한 먹거리를 만들어 먹고 자연의 한 부분이 되어 그 속에서 살아가는 것이 가장 좋은 삶이란 것을 깨달았기 때문이라고 하셨다. 그러고 나서는 농부가 되기까지의 일, 농촌 생활에 관한 것, 하루에 시를 꼭 한편씩 읽어야한다고 하시면서 좋은 말씀들을 많이 해주셨다.

그 후에 상으로 그분께서 쓰신 책 두 권을 받게 되었는데 한 권은 시집이었고 또 다른 한 권은 자신의 농촌 생활을 담은 수필집이었다. 옛날부터 자연에 관해서라면 관심이 많고 좋아해서 책을 받자마자 바로 읽었다. 그 안에는 역시나 평화로운 시골의 모습들을 담은 사진들이 많이 있었다. 보기만 해도 속이 탁 트이고 마음이 편안해지는 그런 이야기들이었다.

지금까지 얘기한 이 세 가지에는 모두 자연과 평화 그리고 느긋함이 깃들어 있다. 지금 사람들은 그저 한 치 앞의 주어진 삶을 살기에 모두 급급하다. 뒤돌아볼 여유 따위는 가지고 있지 않은 것이다. 앞서 말했던 '내게 남은 시간'에서처럼 우리들은 누구나 다 자신에게는 무한한 시간이 남아 있을 거라고 착각하며 인생을 살아간다. 그렇지만 각자에게 주어지는 시간은 다 제각각이다. 미래를 알 수 없기에 우리는 더더욱 주위를 살피며 천천히 느긋하게 살아가야 한다. 하루하루를 소중하게 여기고 길을 걷다가 푸른 마음의 새파란 하늘을 바라보며 내 옆을 지나가는 상쾌한 바람을 느끼고, 주위의 모든 존재들이 연주하는 조화로운 소리에 귀를 기울이며 여유롭게 살아 나가는 것이다.

북적북적한 도시를 떠나, 매일이 똑같은 지긋지긋한 일상을 떠나서 한번쯤은 생명으로 가득 찬 넓은 자연으로 돌아가 보는 것은 어떨까? 무조건 더 많이, 더 의미 있는 일을 한다고 보람찬 인생을 살아가는 것은 아니다. 그냥 아무 이유 없이 쉬면서 한가하게 주말을 보내보고 심심하면 한적한 길거리를 걸으며 많은 것들을 눈으로 보고, 귀로 듣고 세심하게 관찰하며 보내보자. 혼자보다는 사랑하는 사람들과 함께한다면 더 좋은 경험이 될 것이다. 그저 앞만 보고 달려가지 말고 숨을 돌리며 뒤를 돌아볼 줄 아는 느긋함을 가지자. 지금은 그저 당연하다고 생각되는 공기같이 여겨지는 자신의 모든 것들을 소중하게 여기며 살아가는 것도 괜찮지 않겠는가. 아니면 이렇게 자신의 지난날을 되돌아보거나 생각하는 시간을 가지면서 글을 쓰는 것도 좋을 것 같다. 글을 쓰다가 어쩌면 다시 마음의 평온을 되찾게 될지도 모른다.

신이 주신 '오늘'을 조금은 바쁘더라도 그 틈에 있는 여유와 함께 가치 있게 살아가자.

머리에 새겨진 자극의 흔적

김예진

"…… 추억이란 건 어디에 문자로 하나하나 기록해 두지 않고 내 머리 속에 저장되기에 사실성과 정확성이 떨어지기 마련이다. 나뿐만이 아닌 대부분의 사람들은 좋지 않았던 기억들은 잘 잊어버리고 좋았던 기억들만 기억하려 한다. 또한, 인간은 현재 처해 있는 자신의 처지를 정당화하고 합리화하기 위해 기억을 왜곡한다."

- 본문 중에서

난 추억을 엄청 소중하게 여기는 사람이다. 그래서 작은 물건들조차도 잘 버리지 못하고 내 주변 사람들을 소중히 여기는 것도 이 때문이다. 그러던 어느 날 우연히 정말 오랜만에 추억의 장소에 앉게 되었다. 중학생 때에는 매일 등교하기 위해 들리던 소소한 일과 속 한 장소였는데, 어느샌가 나에게 과거 추억의 장소가 되어 버렸다. 비가 오나 눈이 오나 변함없이 포근히 날 감싸주던 이 정류장도, 그 옆 야채를 파는 할머니도 모두 다 그대로인데 나만 너무 훌쩍 커버린 게 아닐까?

그러다 내 눈은 초점을 잃은 채 깊은 사색에 빠져 버렸다. 난 생각했다. '중학교 때엔 참 행복했었지, 매일 밝을 때 하교하고, 여유롭게 친구들과 외지 여행도 많이 다니고 말이야…… 근데 갑자기 이 기억들 내가 너무 왜곡시켜 버린 기억은 아닐까? 그때도 힘든 일이 많았을 텐데, 지금 내 현실이 너무 힘들어 상대적으로 그때가 좋았었다고 생각하는 것일 수도 있어.' 그 생각을 하는 순간 내 눈이 번뜩 뜨였다.

정말 생각해보면 그렇다. 추억이란 건 어디에 문자로 하나하나 기록해 두지 않고 내 머리 속에 저장되기에 사실성과 정확성이 떨어지기 마련이다. 나뿐만이 아닌 대부분의 사람들은 좋지 않았던 기억들은 잘 잊어버리고 좋았던 기억들만 기억하려 한다. 또한, 인간은 현재 처해 있는 자신의 처지를 정당화하고 합리화하기 위해 기억을 왜곡한다. 시간이 지나면서 사건이 정말 그러했으리라 굳게 믿는다. 더 나아가 원하는 일을 상상하고 세부 내용이 덧붙여지면서 그런 일이 일어났다고 믿게 되는 상상 팽창도 일어난다. 이 말이 정말 사실일까? 인간이 저만큼 어리석어? 라고 의문을 품는 사람도 있겠지만, 어느 대학의 실험 결과를 보면 사실이라는 것을 알 수 있다.

실험 상황은 다음과 같다. 연구원들은 학생에게 3~5세 때 쇼핑몰에서 길을 잃은 적이 있다는 사건을 들려주고 3개월이 지난 후 다른 연구자들이 어릴 때 길을 잃은 적이 있는 사람들을 조사했다. 그러자 그 이야기를 들었던 그룹은 이야기를 듣지 않은 그룹에 비해 많은 학생이 그런 경험이 있다고 말했다. 없던 사건도 그럴듯한 상상이 덧붙여지면서 실제로 있었던 일이라 믿게 되는 것이다. 그만큼 기억은 믿을 만한 것이 못 된다는 것이었다. 하지만, 이 현상은 머리가 나쁘거나 누구를 속이려는 의도 때문이 아니다. 대뇌와 마음이 기억을 왜곡하지 않았을 때 견뎌내야 할 괴로움을 경험하기 싫어 기억을 왜곡시켜 버리는 것이다. 이것도 일종의 인간의 생존 본능이 아닐까?

이 때문에 난 스스로 내 자신을 상처의 길목으로 들어서게 했나 보다. 그 일을 했을 때 느꼈던 작은 행복만 기억하고 그 작은 행복보다 훨씬 큰 나쁜 기억은 새하얗게 지워버린 채 작은 행복만을 바라보는 일을 반복하며 상처를 입고 있다. 행복 속에 살았던 그 시절에는 이젠 더 이상 새롭지 않아 행복이란 걸 망각하며 살던 나날들이 그 세상 밖에 나오면 그때가 행복했던 시절이란 걸 깨닫고 그때를 그리워하며, 그땐 왜 몰랐지, 라는 생각과 함께 후회의 물결이 나를 친다. 그 행복의 익숙함과 좋았던 기억들만을 기억하려 하는 내 자신 때문에 많은 일들을 후회할 수밖에 없는 것 같다. 그때 그 순간에 무엇이든 누구에게든 최선을 다할 걸 '후회'해 봐야 그땐 이미 늦었다.

그러니 우리는 지금 주어진 모든 상황에 최선을 다해야 한다. 잘함과 못함의 이분법적인 결과는 중요하지 않다. 모든 일은 최선을 다했다면 성공한 거나 마찬가지이다. 내가 돌아올 수 없는 길을 떠났을 때, 다른 사람들의 기억 속에 영원히 기억하고 싶은 좋은 기억으로 사실보다는 더 좋게 왜곡되어 머리에 새겨지고 싶다. 저 칠흑 같은 하늘 속 옅은 구름 뒤에서도 예쁘게 반짝이는 별처럼 구름과 같이 어떤 시련이 내 앞을 막아도 최선이라는 빛 하나로 밝게 빛날 것이다.

여백의 미

장미소

"…… 우리들은 언제나 공부와 돈, 미래에 대한 압박에 시달리며 지쳐가고 있다. 피곤에 지친 우리들에게는 시간의 여백이 필요하다. 옛 조상들의 서예 작품 등에 있는 여백이 서로 조화를 이루어 아름다워 보이게 한 것처럼. 우리의 삶과 시간의 조화가 필요하다."

– 본문 중에서

나에게는 한 가지의 취미가 있다. 베란다 밖의 풍경을 구경하는 것이다. 기분이 답답하거나 우울할 때, 나른할 때, 슬플 때 베란다에 있는 소파에 앉아 밖을 구경하는 것은 마음을 편안하게 해준다. 주말에 날씨가 좋아 그날도 소파에 앉아 밖을 구경하고 있었다. 자전거를 타는 아이들, 놀이터에서 친구들과 놀고 있는 아이들, 가족끼리 어디 여행을 가는 듯한 사람들의 모습들. 사람들의 행복이 담긴 웃음소리가 들려왔다. 베란다로 보는 풍경들은 맑은 햇살과 마찬가지로 평화롭고 따스했다. 그런데 갑자기, 다른 이들은 날씨가 좋아 밖에 나가 돌아다니거나 하는데 나는 집에서 뭘 하고 있는 것일까 하는 생각이 들었다. 가족끼리 여행을 가 보거나 자전거를 타고 동네를 돌아다녀 본적이 언제였는지 까마득하다. 방학에만 1박 2일 정도로 한두 번 놀러오는 것이 다였다. 언제부터 나는 주말에도 집에서 이렇게 공부를 하고 있던 것일까? 언제부터 이렇게 화창한 날에도 귀찮다며 집에만 가만히 있게 된 것일까?

나와 마찬가지로 대부분의 학생들 역시 그렇다. 공부에 전념하느라 바쁜 하루를 보내는 그것이 우리 학생들의 하루이자 일상인 것이다. 내신과 수능을 잘 쳐서 대학을 잘 가고 그로 인해 좀 더 밝은 미래를 향해 나아가야 해서일까? 물론 학생들만 그런 것이 아니다. 현재의 삶을 살아가기 위해 일하는 회사인, 선생님, 택시 기사 아저씨 등 많은 어른들 역시 그렇다. 이러한 우리들에게 마음을 편히 놓고 쉴 수 있는 시간은 과연 있을까? 다행히 나에게는 소파에 앉아 베란다로 세상 밖을 구경하는 여유가 있다. 지친 삶에서도 여유를 즐길 시간의 여백이 있는 것이다. 물론 나뿐만이 아니라 다른 아이들에게도 인터넷을 하거나 잠을 자거나 그들만의 여유를 즐길 만한 시간이 있다. 만약 나에게 이러한 시간들조차 주어지지 않는다면 삭막한 삶을 살아가는 게 힘들었을 거다. 우리에게 주어진 휴식 시간, 즉 시간의 여백이 우리 삶의 원동력이 되는 것이다.

옛날부터 여백은 쭉 많이 알려졌다. 대표적인 것에는 서예작품이나 그림이 있다. 나는 초등학교 때 한 4년 동안 서예를 배운 적이 있다. 그 때에는 글자를 쓰고 사이사이에 남는 틈이 있기에 '와! 많이 쓰지 않아도 되구나! 이 빈 공간 진짜 좋다!'며 철부지 생각을 했다. 하지만 지금은 집에 걸어놓은 내 서예 작품을 몇 발자국 뒤에서 가만히 바라보고 있자면 그러한 여백 때문에 더 아름다워 보이고 조화로워 보였다.

이처럼 시간에도 여백이 있고 서예 작품 등에도 여백이 있다. 과연 이게 끝일까? 조금만 더 생각을 해보면 우리 주변에는 여백이 많다. 내가 생각한 것 중 하나는 행동의 여백이다. 즉 침묵이다. 물론 조용하고 어색한 그런 침묵이 아니라, 남의 말을 귀 기울여 주는 동안의 침묵이다. 요즘 사람들은 남의 말을 끝까지 듣는 것이 아니라 중간 중간에 끼어들어 자기 생각을 얘기한다. 상대방의 말을 이해하지도 않은 채 귀를 꼭 막고 자신의 얘기만 하는 것이다. 대부분 이러한 행동을 하면 어떤 일이 일어날까? 내가 6344일을 살아 본 경험에 따르면 99.997% 싸움이 일어나고 심하면 서로의 인연을 끊게 된다. 어느 누구도 이러한 결과를 바라고 행동한 것은 아닐 것이다.

내 주변에도 이러한 일이 있었다. 나의 소중한 친구 두 명이 있었다. 그런데 어느 날 그 두 명이 서로에 대해 오해가 생겼고 이러한 오해가 점점 쌓여졌던 것이다. 그 둘은 싸우게 되었고 중간에서 이러지도 저러지도 못하게 된 나와 내 친구들이 둘을 불러 이야기를 하게 했다. 서로 이야기를 하면서 오해를 풀고 화해를 하게 하려는 시도였다. 하지만 그 둘은 서로 자신의 얘기만을 말하며 서로의 말을 끝까지 듣지 않고 끼어들었다. 이 둘에게 필요한 것은 침묵이었다.

서로의 말을 듣는 행동의 여백이 필요했다. 그 둘 사이에 화해의 기미가 전혀 보이지 않아 이 이야기를 두 친구에게 했다. 두 명은 얘기를 듣고는 자신의 잘못을 인정하고 서로의 이야기를 들으며 화해를 했다.

우리에게는 아직 살아갈 날이 많이 남아 있고 해야 할 일들도 많이 남아 있다. 하지만 우리들은 언제나 공부와 돈, 미래에 대한 압박에 시달리며 지쳐가고 있다. 피곤에 지친 우리들에게는 시간의 여백이 필요하다. 옛 조상들의 서예 작품 등에 있는 여백이 서로 조화를 이루어 아름다워 보이게 한 것처럼. 우리의 삶과 시간의 조화가 필요하다. 나는 다시 시간의 여백을 즐기러 간다. 이번에는 소파에 앉아 좀 더 시간의 여백의 미를 느껴볼까 싶다.

목소리

김윤경

"...... 다들 내가 목소리에 콤플렉스가 있을 것이라고 생각을 한다. 그래서 가끔 사람들이 목소리로 인한 스트레스는 없냐고 물어보는데 그럴 때마다 나는 오히려 내 허스키한 목소리에 고마움을 느낀다고 말한다..... 나는 얼굴에 별다른 특징이 없기 때문에 사람들은 나를 기억할 때에 대부분 목소리로 기억했다."

– 본문 중에서

중학교를 막 졸업한 겨울방학, 집에서 컴퓨터를 하고 있다가 전화벨 소리가 울려 무심결에 전화를 받았다. 온라인 교육업체의 광고 전화였는데, '내가 언제 전화번호를 적어줬지?' 라고 생각하며 나는 아무 생각 없이 대답하고 있었다. 흔히 그렇듯이 신학기를 맞이하여 무료 행사를 한다며 사이트에 꼭 한번 접속해 보라는 것이었다. 그렇게 통화가 이어지고 있다가 그 분께서 한마디 하셨다.

"근데 나는 학생 이름만 보고 여학생인 줄 알았는데 남학생이네."

잠시 동안의 침묵.

"아, 네……."

순간의 당황함 때문에 바로 아니라고는 말씀드리지 못하고 대화를 이어나갔다. 이어서 그분이 고등학교는 어디에 배정받았냐고 하셨다. 지금 와서

"경주여고에요."

라고 하면 왠지 그 분이 무안하실 것 같아서 망설이다가 '경주고등학교' 에 배정받았다고 말씀드렸다. 그러자 중학교 때 열심히 했다고 칭찬해 주시면서 나중에 어머니와 한 번 통화를 한다고 하셨다. 일부러 목소리를 낮게 깔지도 않았는데 남자처럼 들리다니... 지금 생각해보면 웃음이 막 나오지만 그때는 '살짝' 충격을 먹었었다.

사실, 나는 어릴 때부터 여성스러운 목소리와는 거리가 먼 굵고 낮은 목소리 때문에 이와 같은 비슷한 일이 셀 수 없을 정도로 많았다. 목소리도 큰 편이기 때문에, 친구와 길거리를 지나다니다가 말을 하면 놀란 눈으로 쳐다보는 사람들도 많았다. 학교나 캠프에서 연극이나 역할극을 할 때 굳이 힘들여서 남자 목소리를 내지 않아도 된다는 이유로 나는 항상 '남자' 역이었다.

게다가, 전화 할 때의 내 목소리는 평소 때보다 더 허스키하기 때문에 전화를 하면 친구들은 남자로 오해해서 놀란 목소리로 전화를 받았고, 동생이 초등학교에 입학하고 나서는 친척들도 나와 내 동생의 목소리를 제대로 구별하지 못했다. 하루는 어머니의 지인이 나와 통화를 하신 후 나중에 어머니를 뵙고 이렇게 말씀하셨다고 한다.

"아, 지빈에 그 집 아들내미가 전화를 참 잘 받데요." 라고.

뿐만 아니라, 동생 친구들이나 학원 선생님에게서 온 전화를 받으면 대부분 나를 형, 심하면 아빠로 여기는 경우가 많았다. 친구 집에 전화를 할 때면 난 항상 그 아이의 남자친구였다. 목소리가 특이하다는 말을 많이 들어서 하루는 내가 장난삼아 친구에게 물었다.

"야, 내 목소리가 많이 특이하냐?"

"응... 남자면 평범한데 니가 여자라서"

이쯤 되면, 다들 내가 목소리에 콤플렉스가 있을 것이라고 생각을 한다. 그래서 가끔 사람들이 목소리로 인한 스트레스는 없냐고 물어보는데 그럴 때마다 나는 오히려 내 허스키한 목소리에 고마움을 느낀다고 말한다.

왜냐하면 친구들과 얘기를 할 때 내 목소리에 관한 재미있는 에피소드를 들려주어 분위기를 좋게 할 수도 있었고, 처음 만나는 아이들과는 목소리 덕분에 더 친해질 수도 있었다. 게다가, 나는 얼굴에 별다른 특징이 없기 때문에 사람들은 나를 기억할 때에 대부분 목소리로 기억했다. '허스키한 목소리를 가진 아이' 로. 그 덕분에 학교 주변의 빵집 아르바이트 언니와 서점 아저씨와는 아는 사이가 되었다.

얼마 전, 나와 비슷하게 허스키한 목소리를 가지고 있다고 고민하는 여자아이가 인터넷에 상담해 달라는 글을 올려놓은 걸 발견했다. 그 밑에 적혀 있던 답변은 '나중에 성대 수술 하세요.' 였는데 나는 다른 답변을 해 주고 싶었다.

'허스키한 목소리가 고민이 될 수도 있겠지만, 그 목소리 덕분에 네가 다른 사람들에게는 좀 더 특별하고 기억에 남는 사람이 될 수 있다'라고…….

번호표 없는 너

이윤정

"돌아보면 주위에 이런 번호들이 얼마나 많은지. 그 사실은 이따금 내게 두려움을 일으키기까지 한다. 어느 날 사람들의 번호표가 떼어진다면, 나는 그들을 찾을 수 있을까? 그가 주위에서 부여받은 것들을 버리고, 한 명의 사람으로 돌아갔을 때 내가 그에 대해 아는 것이 얼마나 있을지. 그에 대하여 많은 것을 알고 있다고 생각했지만, 그것은 순전한 착각이었다."

– 본문 중에서

예전에 도서관에서 어떤 책을 찾고 있었던 때의 일이다. 이미 몇 번 읽었던 책이라 익숙하게 서가를 비집고 들어갔는데 웬걸, 그 책은 거기에 없었다. 주위를 서성이며 다른 책장을 기웃거려보아도, 그 책은 보이지 않았다. 한참 뒤, 결국 도서 검색기에게 그 책에 대해 물어보았다.

'830 - 리87ㄷ ㄱ'

검색기의 친절한 답변에 알았어, 하고 혼잣말을 하면서 나는 '830-

리87ㄷㄱ'이라는 책을 찾으러 나섰다. 이제 나는 그 번호만 찾으면 되는 것이다. 더 이상 다른 것들엔 눈길조차 주지 않고, 꽁무니에 달린 번호들만 바라보게 되었다. 유감스럽게도 그렇게 하자, 그 책을 쉽게 찾을 수 있었다.

비단 그 책뿐만이 아니었다. 도서관을 가득 메운 이 책들은 각자의 자리를 지키고 있었다. 형식으로, 장르로 분리되고, 아래쪽엔 모두 번호표가 붙어 있었다. 표지와 판본이 제각각일지라도 번호표는 흐트러지는 일이 없다. 일렬로 죽 늘어선 번호들을 훑다 보면, 내가 찾던 책의 순번을 발견하게 된다. 이 의미 없는 번호들은 그 책에 대하여, 이 장소에서의 모든 정보를 제공해 준다.

어쩌면 사람들도 이렇게 번호표를 달고 살아가는 것은 아닐까? 이름이라는 번호, 지위라는 번호, 소통할 수 있는 수단으로서 제공되는 연락처라는 번호……. 누군가 나에게 '당신은 누구입니까?'라고 묻는다면, 나는 이렇게 대답하리라. 나는 경주여자고등학교 2학년 7반 27번 이윤정입니다. 또는 지구 대한민국 경상북도 경주시에 살고 있는 시민이라고 답할 수도 있겠다. 그러나 '나'는 단지 이름이 아니다. 어디어디에 속해 있다는 그 자체만이 아니다. 뭔가 나에 대해 더 말할 수 있을 것 같은데, 자꾸만 이렇게 손쉽게 대답하려고만 한다.

돌아보면 주위에 이런 번호들이 얼마나 많은지. 그 사실은 이따금 내게 두려움을 일으키기까지 한다. 어느 날 사람들의 번호표가 떼어진다면, 나는 그들을 찾을 수 있을까? 그가 주위에서 부여받은 것들을 버리고, 한 명의 사람으로 돌아갔을 때 내가 그에 대해 아는 것이 얼마나 있을지. 그에 대하여 많은 것을 알고 있다고 생각했지만, 그것은 순전한 착각이었다.

불교의 금강경에서는 '내 모습으로 나를 찾고, 내 목소리로 나를 찾는 자는 진정한 나를 찾을 수 없으리.'라고 말하고 있다. 이 말은 나와 너, 그리고 세상의 사람들에 대하여 다시금 생각하게 한다. 여태껏 사람들을 겉모습과 목소리로만 구분지어 온 것은 아닌가? 그러한 것들로 사람을 단정지어 버리고, 그를 자세히 들여다볼 노력조차 하지 않은 것은 아닌가?

지금까지 해왔던 식으로만 판단한다면, 나는 '너'에 대해서 알지 못할 것이다. 그래, 인정한다. 나는 아직 '너'에 대하여 잘 알지 못한다. 그러나 그만큼 또 다시 너에 대하여 알고 싶다. 너를 자세히 바라보고 싶다. 너를 새로이 사랑할 수 있는 시간을 가지고 싶다. 내게 있어 '너'라는 사람의 의미를 얻고 싶다.

지금 도서관의 숲속에 서 있다. 이 숲속을 걷는 것은 나의 취미지만, 때로는 이 빽빽한 서가의 숲에서 길을 잃기도 한다. 그때마다 나는 번호표의 의미에 대하여 생각했었던 그 날을 떠올리곤 한다. 그럴 때면 단지 책 한 권을 찾는 기억일 뿐인데, 내가 사라진 기분이 든다. 지금 어딘가에 있을 네가, 그날따라 더 만나고 싶었다. 생각에 잠겨 서가 사이를 헤매다 모퉁이를 돌자 우연히, 아는 책과 마주쳤다. 왠지 모를 안도감과 평온함 속에서 나는 미소 짓는다. ....이렇게,

너를 찾고 싶다.

2부 . 어머니의 뱃살

-가족, 이웃, 고향

계란죽

오엄지

"……한 숟갈 떠먹어보니 내가 원했던 그 적당한 짭짤함이 느껴지지 않았다. 내가 원했던 건 이런 것이 아니었는데. 또다시 뜻 모를 서러움이 닥쳐왔다. 아줌마에게서 엄마의 맛을 바랐던 것은 너무나 큰 기대였을까. 그래도 안 먹긴 미안해서 몇 숟갈 깨작거리고는 입맛이 없다는 이유로 한가득 남기고 방에 들어가 누웠다. 그 뒤로 아플 때 아줌마에게 계란죽을 끓여달라는 이야기는 하지 않았다. 대신 전복죽이 먹고 싶다고 말하고 아줌마가 시내까지 나가서 사오는 전복죽을 먹었다……"

– 본문 중에서

온 몸에 열이 나고, 어지럽고, 힘이 없고, 모든 것을 놓아버리고 싶을 만큼 힘든 때가 있다. 그것의 원인은 '감기'라는, 매년 나를 찾아오는 손님이었고, 얼핏 듣기엔 아무것도 아닌 것처럼 느껴지는 '감기'라는 단어가 나에게는 크게 다가올 때가 있는 법이었다. 그날도 그랬다. 몸이 힘들면 마음도 힘들어진다는 말처럼 도저히 학교에 머물러 있고픈 의지력도, 자신감도 없었다. 지독한 여름 감기였다. 여름 방학 보충 때라, 점심을 먹지 않고 일찍 조퇴할 수 있었다. 뜨거운 태양 아래, 제 스스로 뿜어대는 열에 땀을 흘리며 힘없고 아픈 몸을 이끌고 꾸역꾸역 발걸음을 옮겨내었다. 회사 생활로 바쁜 우리 아버지는 날 데리러 오시기엔 곤란했고, 택시를 타기에도 버스를 타기에도 뭐한 거리라 늘 그랬듯 걸어가기로 결정했지만, 왜 그렇게 늘 걸어가던 그 길이 외롭고 고독한 길로 느껴졌는지 몰랐다. 그러다 문득 엄마의 얼굴이 아련한 잔상처럼 떠올랐다.

어렸을 때, 집에 가면 우리 엄마가 있을 때는 내가 아프면 늘 엄마가 옆에 있어 주셨다. 열이 나서 뜨거운 이마를 차가운 손으로 짚어보며 식혀주시고, 밤새도록 물에 적신 수건을 뒤집기도 하고 다시 적셔 내 머리에 올리며 간호도 해주시고, 땀에 젖은 몸을 일으켜 세우며 앉아보면 엄마는 내게 큰 플라스틱 쟁반 위에 죽 그릇을 올려놓고 건네 주셨다. 간장 한 종지와 하얀 죽. 그냥 아무런 맛없는 죽이라도 간장에 적셔가며 잘도 먹었지만, 그런 평범한 죽보다도 어느 날 먹었던 계란죽의, 짭짜름하면서 혀끝에 착착 달라붙는 그 맛이 너무나 그리워졌다. 땀으로 등판이 축축이 젖어 쉰내를 풍기며 일어났을 때 맛보았던 그 맛이 너무나도 또렷하게 생각났다.

집에 도착하면, 엄마가 아닌 아줌마가 있었다. 마산시 월영동 현대 2차 202동 1103호에 들어섰을 때의 따뜻함과 달리, 경주로 이사 온 뒤에 몇 평수 더 넓어진 우리 집에 들어서면 흐르는 서늘한 냉기는 그 어느 때보다 더 시리게 다가왔다. 밥은 먹었냐는 아줌마의 물음에 나는 죽이 먹고 싶다고 대답했다. 왠지 모르겠지만 계란죽 같은 것이 먹고 싶다고.

하지만 내 앞에 대령된 것은 내가 생각하던 그런 계란죽하고는 달랐다. 우선 엄마가 만든 것이 아니었다. 먹기에 무리가 갈 정도의 많은 양이 보였고, 빽빽해 보였다. 한 숟갈 떠먹어보니 내가 원했던 그 적당한 짭짤함이 느껴지지 않았다. 내가 원했던 건 이런 것이 아니었는데. 또다시 뜻 모를 서러움이 닥쳐왔다. 아줌마에게서 엄마의 맛을 바랬던 것은 너무나 큰 기대였을까. 그래도 안 먹긴 미안해서 몇 숟갈 깨작거리고는 입맛이 없다는 이유로 한가득 남기고 방에 들어가 누웠다. 그 뒤로 아플 때 아줌마에게 계란죽을 끓여달라는 이야기는 하지 않았다. 대신 전복죽이 먹고 싶다고 말하고 아줌마가 시내까지 나가서 사오는 전복죽을 먹었다.

그렇게 방에 와서 누우니 그동안 쌓이고 쌓이다 조금씩 새던 나의 서러움이 폭발하고 말았다. 내 이마를 짚어주던 그 엄마의 손은 지금 내 곁에 없다. 아무도 없는 넓은 방. 그 안에 덩그러니 누워서 엉엉 울었다. 외로웠다. 엄마가 보고 싶었다. 목소리라도 듣고 싶은 마음에 핸드폰을 열어 엄마의 단축번호인 1번에 손가락을 올려놓고 한참을 가만히 있었다. 이것만 꾹 누르면 엄마의 목소리를 들을 수 있는데, 그것이 잘 되지 않았다. 날 걱정해 주는 단 하나의 목소리를 듣겠다고, 멀리서 날 들여다 볼 수도 없는 우리 엄마에게 걱정을 끼치고 싶지 않았다. 결국 핸드폰을 닫고는 입으로 엄마를 부르며 계속해서 누워 있었다.

몸의 열은 사그라지지 않았다. 눈물이 흘렀다. 뜨거웠다. 눈물이 원래 뜨거운 건지, 눈물이 흐르는 얼굴이 뜨거워서 데워진 건지 알 수 없었지만 볼을 타고 흐르는 눈물은 너무나 뜨거웠다. 엄마 보고 싶다. 그 말만 중얼거리며 베개의 얼굴을 묻고 누워있었다. 이따금 차가운 침대의 쇠기둥에 달아오른 얼굴을 대어도 보다가 그렇게 잠이 들었다.

얼핏 잠결에 내 이마를 손으로 짚어보는 아빠의 굳은살 박인 손바닥의 감촉도 느꼈던 것 같다.

어머니의 뱃살

전은영

"……내 말에 장난치지 말라고 하면서도 미소를 지으시는 어머니의 모습에 나도 절로 웃게 된다. 남들에게는 단지 쓸데없는 살뿐이지만, 나에게는 '어머니의 마음'이라는 고마운 것이 담긴 소중한 의미이다. 어머니의 품안에 안기면 느껴지는 따뜻한 체온과 포근함 같은 사랑을 그녀의 통통한 살에서 찾을 수 있다."

– 본문 중에서

어머니는 약간 뚱뚱하신 편이다. '살을 빼야 하는데, 이 살을 어찌 할꼬.'라는 말을 항상 달고 사신다. 아침마다 나와 여동생을 바래다 주기 위해서 주차장으로 뛰어갈 때 뒤뚱거리기도 하는 모습이 인상적이다. 어머니께서 한숨 섞인 살에 대한 불만을 토로하는 동안, 아버지는 혀를 끌끌차며, '그러게 내가 그만 좀 먹으라, 안 그랬나.' 하며 놀림 투로 말씀하신다. 하지만 나는 단 한 번도 그녀의 통통한 배를 부끄러워한 적이 없었다.

보통 아줌마들이 그렇듯이 나의 어머니도 전형적인 대한민국의 아줌마 스타일이다. 파마한 머리에 누구에게도 뒤지지 않는 입담과 요리 솜씨. 이익이라면 물, 불 안 가리고 뛰어드는 용기. 거기다 마지막으로 완벽하게 통통한 체형까지 갖추셨다. 그런 그녀는 내 눈에 만큼은 세상 모든 짐을 들어 올릴 수 있는 슈퍼우먼으로 보이곤 했다. 강인한 체력과 근성으로 무엇이든 헤쳐 나갈 수 있는 사람. 어머니는 나에게 가장 믿음직한 존재였다.

그러나 몇 년 전에 어머니께서 갑작스럽게 병원에 입원하신 적이 있었다. 장이 좋지 않다고 했다. 처음으로 그녀가 병원, 그 텅 비고 답답한 공간에 누워있는 것을 보았었다. 어머니는 병실에 빼꼼히 고개를 내민 우리 삼남매를 보며 무엇 하러 여기까지 왔냐며 힘없는 목소리로 고개를 들으셨다. 철없는 막내 남동생은 뛰어다니며 시끄럽게 했고, 어머니는 그 모습을 보고 행여나 다른 환자들에게 피해가 갈까 얼른 집으로 가라고 하셨다. 하지만 나는 좀체 발걸음을 뗄 수가 없었다. 늘 건강하고 씩씩해 보이는 어머니가 얼굴이 핼쑥해질 정도로 아프다는 것이 믿을 수 없었던 것 같다.

"엄마, 많이 아프나?"

"괜찮다. 괜찮으니까 동생들 데리고 얼른 집에 가라. 다른 사람들한테 피해 줄라."

연신 걱정스러운 표정으로 묻는 나에게 그녀는 계속해서 괜찮다는 말만 반복했다. 어쩔 수 없이 아버지의 손길에 떠밀려 병실을 나섰던 나는, 괜히 해맑은 표정으로 장난을 치는 남동생에게 화를 냈던 것 같다. 어머니를 보며 왠지 뭉클했던 마음에 눈가에 눈물을 방울방울 달고서. 아버지는 너무 걱정하지 말라고, 엄마는 곧 나을 거라고, 퇴원 날짜도 잡혔다고 말씀하셨다. 그러나 내 손을 잡았던 마른 어머니의 손을 떠올리면 더욱더 발걸음은 무거워지고 이유 없이 죄송스러운 마음이 들었다.

그 뒤로도 어머니는 크게는 아니더라도 감기에 자주 걸리시곤 했다. 식당을 혼자 하시면서 힘이 부쳐 기력이 약해진 이유도 있을 것이다. 학교 가기 전 가족을 위해 이른 시간 비몽사몽 일어나, 잠이 덜 깬 표정으로 아침밥을 차리시는 그녀의 모습을 보면 안타깝고 죄송한 마음이 든다. 늦은 밤에 집에 들어오셔서 피곤하다며 소파에 바로 누운 어머니께 안마를 해 드릴 때는 가늘어진 그녀의 다리에 놀랄 때도 많다. 5명의 가족을 챙기랴, 가사 일, 가게 일 하랴 고달픈 바쁨에 지친 어머니의 유일한 풍요로움은 그녀의 배였다.

가게를 마치고 못한 저녁식사를 새벽에 늦게 한다고, 세 아이들 학교 배웅하느라 못한 아침 식사를 점심 겸 먹느라고, 혹은 가족들이 어머니를 생각해서 챙겨온 음식들을 진심으로 고마워하며 먹느라고 그녀의 배는 당연하다는 듯이 살을 찌워갔음이 틀림없다. 사랑하는 아이들이 먹는 모습을 보면 자신의 입으로 들어가지 않아도 배가 부르다는 것처럼, 그녀의 가족에 대한 사랑과, 가족이 그녀에게 주는 사랑이 통통한 배 안에 가득 찼을 것이다.

요즘 한창 에어로빅 학원에 다니시는 어머니의 살은 아직도 줄 생각을 하지 않고 있다. 다이어트 한번 해보겠다고 몇 번 굶다가도 그 날 오후에는 폭식을 하곤 하신다. 심지어 이러다가 건강이 더 나빠지는 건 아니냐고, 할머니께서 걱정스러워 하시기도 했다. 그녀는 아직도 습관처럼 빠지지 않는 뱃살을 보며 한숨을 쉬신다. 그럴 때마다 나는 엄마를 진심 담긴 말로 위로해 드린다.

"엄마, 걱정마라. 나는 지금 엄마가 딱 좋은데. 아빠도 은근히 통통한 여자를 좋아한다고~."

내 말에 장난치지 말라고 하면서도 미소를 지으시는 어머니의 모습에 나도 절로 웃게 된다. 남들에게는 단지 쓸데없는 살뿐이지만, 나에게는 '어머니의 마음'이라는 고마운 것이 담긴 소중한 의미이다. 어머니의 품안에 안기면 느껴지는 따뜻한 체온과 포근함 같은 사랑을 그녀의 통통한 살에서 찾을 수 있다. 더불어 어머니께 드리는 감사함과 나중에 나에게도 새로운 가정이 생기면 베풀어 주어야 할 사랑을 가르쳐 주는 그녀의 진심이기도 하다.

어려서는 자주 했던 '사랑합니다.' 라는 말이 나이를 먹으면서 좀처럼 나오지 않는 대신, 가끔 어머니와 함께 잠자리에 들 때면 마음속으로 되뇐다. '고맙습니다. 사랑합니다.' 아마 어머니는 내가 말하지 않아도, 나의 진심을 알고 계실 것이다. 마치 내가 그녀의 사랑을 직접 보지 않아도 충분히 느끼는 것처럼.

제발 우리 동네 그만 좀 내버려두세요!

김미현

"…… 중학생이 되고 나서부터 우리 동네의 풍경은 하나둘씩 달라지기 시작했다. 우리 집 앞에 처음으로 상가가 생긴 것을 필두로 온갖 빌라들이 우후죽순으로 생기기 시작했다. 그 빌라 중에 하나는 우리 집 베란다 쪽 바로 앞에 있어서 햇빛도 다 가리고 있다. 난 빌라들이 자꾸 생기는 것이 너무 싫다. 모양도 하나같이 다 똑같고 칙칙한데다 동네 사람들이 가꾸던 밭을 갈아엎으면서 생겨났기 때문이다."

- 본문 중에서

"엄마! 우리 동네에 또 공사해?"

"어, 보니까 또 빌라 짓는 것 같은데?"

"아 진짜, 무슨 빌라를 집에 올 때마다 짓고 있는지……. 이러다가 진짜 밭이란 밭은 다 없어지겠다. 아니 도대체 왜 이렇게 많이 짓는 거야……."

내가 2주에 한 번씩 집에 갈 때마다 하는 대화이다. 정말 한 주도 빠지지 않고 우리 동네에는 크고 작음을 가리지 않고 공사를 하고 있다. 이젠 어느덧 4년 정도 된 공사 퍼레이드는 우리 동네를 여기저기 들쑤셔 놓았고, 난 옛날의 깨끗하고 조용했던 우리 동네를 잃는 것 같아 속상할 뿐이다.

2004년 4월 5일 식목일, 내가 초등학교 2학년일 때, 우리 가족이 새로운 동네로 이사를 왔다. 이사한 첫날, 나는 정말 기분이 맑고 상쾌해졌다. 집이 레고같이 아기자기한데다가 햇빛이 비쳐서 그런지 환했다. 원래 내가 살던 곳보다 공기도 깨끗하고, 주변에 아무런 건물이 없어서 탁 트였었다. 처음 집에 이사 오던 날의 잔상이 아직까지 남아 있는 걸 보니 정말 마음에 들었던 것 같다.

그렇게 나는 우리 동네에서 아주 즐겁고 순수한 유년 시절을 보냈다. 봄에는 골목 옆에 엄마랑 동생들이랑 돗자리 펴고 누워 꽃구경을 하고, 여름에는 밤에 나와 수박을 먹으며 별을 보고, 가을에는 낙엽을 따서 엄마랑 집도 꾸미고, 겨울에는 우리 가족이 총동원되어 내 키보다 더 큰 눈사람을 만들며 놀았다. 엄마가 취미로 일구시던 밭에도 동생들이랑 놀러가서 잡초도 뽑고, 상추도 따고, 옥수수도 따며 즐겁게 지냈다. 그렇게 난 중학생이 되었다.

그런데 중학생이 되고나서부터 우리 동네의 풍경은 하나둘씩 달라지기 시작했다. 우리 집 앞에 처음으로 상가가 생긴 것을 필두로 온갖 빌라들이 우후죽순으로 생기기 시작했다. 그 빌라 중에 하나는 우리 집 베란다 쪽 바로 앞에 있어서 햇빛도 다 가리고 있다. 난 빌라들이 자꾸 생기는 것이 너무 싫다. 모양도 하나같이 다 똑같고 칙칙

한데나 동네 사람들이 가꾸던 밭을 갈아엎으면서 생겨났기 때문이다. 덕분에 우리 엄마 밭도 없어졌다. 게다가 빌라가 생기면서 생전 처음 보는 낯선 사람들도 계속해서 늘어났다. 제일 싫은 건 바로 이 점이다. 빌라만 생기는 건가 했더니 이번엔 식당과 주점이 갑자기 나타나 버렸기 때문이다. 술집이 생기니 우리 동네는 더욱 보기 싫게 변해버렸다. 어느 날은 시험 기간이라서 학원에서 늦게 집에 걸어오는 날이 있었는데, 그때의 우리 동네 모습은 술집은 아직 시끄럽고, 술에 취한 사람들이 욕설을 하며 이리저리 돌아다니고, 심지어 노상방뇨를 하시는 아저씨까지 있었다.

이때, 난 절실히 느꼈다. 우리 동네가 예전의 동네가 아니란 것을. 옛날에는 밤에 밖에 나가도 풀벌레소리만 들리고 운동하는 사람들만 밖에 돌아다닐 뿐이었지 전혀 위험하다는 생각을 하지 않았다. 하지만 지금은 밖에 나가면 위험하다는 생각밖에 안 든다. 심지어 내가 조금 늦게 온 적이 있었는데 부모님이 날 찾으러 나갈 채비를 하고 있었던 적도 있다. 예전엔 그런 적이 한 번도 없었는데. 그동안 우리 동네에는 모텔도 생겼는데다 작년에는 모텔 리모델링까지 해서 밤이면 네온사인이 더욱더 반짝거린다. 이제는 학교 근처에 술집이 있고 모텔이 있다. 아이들이 지나다니면서 충분히 볼 수 있는 곳에 그런 유해한 건물들이 생기는 것을 보니 잘못된 영향을 받을까 걱정스럽기만 하다. 우리 동네에 사는 다른 사람들은 나처럼 심하다고 느끼지 않을 수도 있다. 하지만 나는 허허벌판인 우리 동네가 좋았고, 조용하다 못해 고요한 우리 동네가 좋았다. 지금의 우리 동네를 보면 어릴 때의 동네를 전혀 떠올릴 수가 없다.

왜 이렇게 우리 동네가 바뀌는지 모르겠다. 지금은 이웃 간에 누가 살고 있는지도 모르고 서로 관심도 없는 것 같다. 매번 소설책에서나 이런 일들을 봐 왔는데 우리 동네도 그런 소설책 이야기가 되어가고 있는 것 같아 슬프다. 나는 우리 동네를 정말 좋아했는데 지금은 내가 도리어 부모님께 이사하자고 조르고 있으니……. 내가 대학생이 되고 취직을 해서 우리 동네에 다시 왔을 때 우리 동네가 어떤 모습일지 걱정이 제일 먼저 앞선다. 만약 지금의 우리 동네가 내 기억 속에 남아있는 동네의 첫인상의 모습과 똑같다면 어떨까? 2004년의 내가 9년 후에 이런 걱정을 하게 될 줄 상상이나 했을까?

나의 두 번째 고향

윤지현

"……큰 가슴으로 우리 집을 감싸 안아주는 뒷산도 있었다. 뒷산에서 따먹은 산딸기는 내가 먹어본 산딸기 중에서 제일 맛있었다. 동생과 함께 따 온 산딸기를 살짝 얼려 갈아 마실 때는 기분이 최고였다. 또 매일 아침 아버지께서 가져오신 두릅은 향기가 아주 좋았는데 살짝 데쳐서 초고추장에 찍어먹으면 브로콜리보다 훨씬 맛있었다. 산에 올라갈 때마다 받는 것이 너무 많아서 항상 고마웠다……"

– 본문 중에서

어제 가족들과 대형 할인마트에 갔다. 학교와 기숙사에만 2주 동안 있었더니 답답해서 오랜만에 외출을 하고 싶었다. 야간 자율학습을 끝내고 즐거운 마음으로 마트에 도착했다. 식품 코너, 전자제품 코너를 다 돌고 계산을 하러가는 길에 수산물 코너를 지나가게 되었다. 나도 모르게 "아, 바다 냄새다." 하는 말이 나왔다. 부모님께서는 나를 보고 빙그레 웃어주셨다. 가족 모두가 옛날 집 생각에 한동안 그 자리를 뜨지 못했다.

최근 들어 어제와 같은 일들이 많아졌다. 경주로 이사를 오고 난 이후로 점점 옛날 집이 그리워졌다. 그래서 학교 급식에 생선만 나와도 반갑고 황성공원을 걸으면 항상 호미곶 광장이 생각났다. 마트에 다녀온 후에 잠자리에 들면서도 우리 집 생각이 떠나지 않았다.

우리 집은 아름다운 자연에 둘러싸여 있었다. 총 가구 수가 얼마 되지 않아서 주위를 둘러보면 바다와 산이 먼저 보이는 곳이었다. 창밖을 내다보면 항상 바다가 보였다. 매일 자고 일어나 기지개를 켜며 바라보던 수평선은 항상 나를 기분 좋게 해주었다. 여름이면 창문 사이로 짭짜름한 바다 냄새를 가진 시원한 바닷바람이 불어왔다. 마당에 앉아 별과 함께 보는 고요한 밤바다는 힘들 때마다 나에게 위로가 되어주었다.

큰 가슴으로 우리 집을 감싸 안아주는 뒷산도 있었다. 뒷산에서 따먹은 산딸기는 내가 먹어본 산딸기 중에서 제일 맛있었다. 동생과 함께 따 온 산딸기를 살짝 얼려 갈아 마실 때는 기분이 최고였다. 또 매일 아침 아버지께서 가져오신 두릅은 향기가 아주 좋았는데 살짝 데쳐서 초고추장에 찍어먹으면 브로콜리보다 훨씬 맛있었다. 산에 올라갈 때마다 받는 것이 너무 많아서 항상 고마웠다.

우리 집 주변에는 인심 좋으신 분들이 굉장히 많으셨다. 마을의 분위기 자체가 따뜻하고 정겨웠다. 그곳에 살면서 제일 기억에 남는 일은 마을 체육대회에 참가한 일이다. 마을 주민들 모두가 집에서 음식을 준비해 와서 다함께 나누어 먹었다. 이장님이 프로그램을 준비해 오셨고 우리는 일정에 따라 움직였는데 나는 2인 3각 운동에 참여했다. 평소 친분이 있었던 동네 아저씨와 같이 뛰게 되었는데 아주 재미있었다.

지금 생각해보면 아주 값진 경험이었다. 마을 체육대회를 한다는 자체가 아주 신기했고 마을 주민들의 협동심 또한 나를 놀라게 했다. 나의 남은 평생 동안 이런 경험은 해볼 수 없을 것이다. 모두들 자기 자신을 챙기기 바쁜 세상에서 따뜻한 이웃들을 만나고 그분들과 함께 할 수 있어서 행복했다.

내가 살던 곳은 지역 특색이 아주 뚜렷한 곳이었다. 주민들 대부분이 수산업에 종사했고 과메기 철이 오면 집집마다 과메기 말리기에 정신없었다. 우리 아버지께서도 양어장에서 일을 하셨는데 아버지께서는 그때가 제일 재미있고 즐거웠던 때라고 말씀하신다. 광어들에게 사료를 줘야할 시간이 되면 아버지 뒤를 졸졸 따라다니면서 수조에 사료도 던져보고 작업복을 입고 광어 사이를 지나다니기도 했다. 수많은 광어들이 내 장화 위를 지나갔는데 그 때의 이상한 느낌은 지금도 잊을 수 없다.

생각해보니 8년 동안 즐거운 일들이 많이 있었다. 그곳에 살면서 대도시에서 살고 싶다고 부모님께 투정도 많이 부렸었는데 지나고 나서 보니 대도시보다 우리 마을이 훨씬 좋은 곳이었다. 모두들 예전에 자신이 살던 곳이 그립다고 하지만 나는 내 고향처럼 그 곳이 그립다. 소중한 추억들이 묻어있는 곳이라서 각별한 애정을 가지고 있다.

요즘에는 경주 친구들에게 우리 옛집을 자랑하기에 바쁘다. 바다를 볼 수 없는 경주에서 내 경험은 더욱 더 소중해지기 때문에 이야기를 하면 할수록 더욱 더 신난다. 친구들이 내 이야기를 듣고 "우와, 진짜 좋았겠다." 라고 할 때마다 기분이 참 좋다. 친구들도 우리 마을을 사랑해주고 아껴준다는 느낌이 들기 때문이다. 이것이 내가 우리 마을에서 받은 좋은 인심과 사랑을 보답해주는 방법이다.

여름방학에는 옛날 우리 집을 찾아 갈 생각이다. 추억을 떠올리는 것만큼 행복한 일이 또 있을까. 어떤 다른 여행보다 마음이 따뜻해지고 행복해지는 여행이 될 거라는 생각에 웃음이 난다. 이번에는 그 마을의 낯선 방문객의 마음으로 모든 것들을 천천히 둘러보고 사진으로 남겨 와야겠다.

자연이 준 선물
- 아름다운 나의 유년 시절

이유정

"……무청이 얼굴에 스칠 땐 따갑기도 했지만 동글동글한 무가 하얀 속살을 드러낼 때면 탄성이 절로 나왔다. 농사일을 할 땐 힘들지만 거둬들일 때의 기쁨과 뿌듯함은 농사를 지어보지 않은 사람은 절대 느껴보지 못할 것이다. 배추를 뽑을 때면 배추 포기와 배추 뿌리의 크기에 놀라움을 금치 못했었다. 그 작은 뿌리로 어떻게 그렇게 커다란 배추를 받치고 있는지 그저 신비로울 뿐이었다……"

- 본문 중에서

내 어린 시절 놀이터는 자연이었다. 주변이 온통 푸른 산과 논, 밭으로 둘러싸인 곳에서 자라서 그런지 자연스레 TV나 컴퓨터를 하면서 보내는 시간보다는 바깥에서 뛰어노는 시간이 더 많았다. 학교 수업이 모두 끝나면 집으로 곧장 달려가 가방을 거실에 아무렇게나 던져두고 다시 놀러나가는 것이 나의 일상이었다. 마치 약속이나 한 것처럼 하나, 둘 모인 친구들과 함께 온 동네를 누비고 다니던 그 때가 지금 와서 생각하니 마치 꿈인 것 같다.

봄이면 어머니께서 잡초라고 지긋지긋해하시던 야생화들이 줄지어 핀다. 내가 다니던 초등학교에선 매년 봄이 한창일 때, 교실에 가만히 앉아서 공부하는 것 대신에 야생화를 관찰하러 가기도 했다. 20명 남짓한 전교생이 교실 뒤편의 책장에서 꺼낸 야생화 사전, 식물도감을 저마다 하나씩 손에 들고 학교 가까이 있는 산을 찾아가곤 했다. 봄은 농사철에 접어드는 시기이기도 해서 어릴 때는 이맘때쯤 부모님을 돕기 위해 밭에도 자주 갔었다. 나와 내 동생들이 자주 도왔던 일은 바로 '고추심기'였다. 고추를 심을 자리에 구멍을 뚫고, 고추 모종을 그 구멍 안에 넣고, 물을 주고, 흙으로 덮는 일을 각자 하나씩 분담해서 하니 힘든 줄도, 더운 줄도 모르고 놀이처럼 즐겁게 하던 기억이 난다.

그렇게 빠르게 봄이 지나고 여름이 찾아오면 농촌은 더욱 분주해지기 시작한다. 나와 내 동생들도 주말이면 밭에 일손을 도우러 갔다. 여름의 밭에서는 옥수수를 따거나, 봄에 심었던 고추를 따거나, 감자를 캐는 일을 하는데, 나는 더운 날씨 탓에 일을 도우다 말고 산골짜기를 타고 내려온 개울물을 찾아가기 일쑤였다. 그 개울물은 1급수에 가깝기 때문에 맑고 시원해서 친구들과도 자주 놀러갔던 장소이다. 그곳에 가서 바구니 가득 다슬기도 잡고, 기다란 대나무를 낚싯대 삼아 물고기도 잡고, 옷이 젖는 것은 신경조차 쓰지 않은 채 물놀이도 하고……. 이렇게 매일 밖에서 하루 종일 물놀이를 하다

저녁 늦게 집에 들어가서 그런지 우리 마을 아이들은 여름이 끝나갈 때쯤이면 너 나 할 것 없이 피부가 까맣게 그을려있었다.

여름을 비추던 태양이 점차 사그라져 기분 좋은 따사로움으로 바뀔 즈음 가을은 성큼 우리 곁에 다가와 있었다. 아침저녁으로 제법 싸늘한 바람이 옷 속을 파고들고 하늘이 한층 높아지면 우리는 나무젓가락을 들고 밭으로 향했다. 배추 속에 숨어있는 배추벌레를 잡기 위해서다. 배춧잎 사이에 숨어있는 벌레는 약을 쳐도 잘 죽지 않을뿐더러 우리가 먹을 배추에 농약을 치지 않기 위함이기도 하다. 잎사귀를 하나씩 제치면 꽁꽁 숨어있는 초록색 벌레가 보이는데 그것을 나무젓가락으로 집어낼 때 좀 징그럽기도 했다. 가을이 더 깊어지고 나면 고구마를 캐러갔다. 아버지께서 낫으로 고구마 줄기를 걷어내 주시면 우리는 호미로 고구마가 다치지 않게 옆 부분부터 흙을 살살 파냈는데, 고구마가 다치면 잘 썩기 때문에 조심해야 했다. 큰 고구마는 캐내기가 무척이나 힘들어서 아무리 파도 안 될 때는 아버지께서 삽으로 파 주시기도 했다. 이 고구마가 겨우내 우리의 간식거리가 될 거라는 뿌듯함에 힘든 줄도 몰랐다. 내 팔뚝보다 큰 고구마를 들고 찍었던 기념사진이 아직도 기억에 남는다.

해가 점점 짧아져 겨울의 문턱에 들어서면 김장 준비로 분주해진다. 무와 배추를 뽑아 들이며 다가올 겨울 채비에 들녘도 한가로워진다. 논, 밭이 비어갈수록 우리 집 창고는 풍성해져갔다. 무를 뽑을 땐 무가 부러지지 않게 두 손으로 무청을 잡고 위로 쭉 뽑아 올려야 한다. 무청이 얼굴에 스칠 땐 따갑기도 했지만 동글동글한 무가 하얀 속살을 드러낼 때면 탄성이 절로 나왔다. 농사일을 할 땐 힘들지만 거둬들일 때의 기쁨과 뿌듯함은 농사를 지어보지 않은 사람은 절대 느껴보지 못할 것이다. 배추를 뽑을 때면 배추 포기와 배추 뿌리의 크기에 놀라움을 금치 못했었다. 그 작은 뿌리로 어떻게 그렇게 커다란 배추를 받치고 있는지 그저 신비로울 뿐이었다.

그렇게 김장이 끝나고 겨울이 깊어지면 농한기에 접어든다. 봄부터 쉼 없이 일하던 농부의 손길도 이즈음에서 여유가 생긴다. 할머니도, 아버지, 어머니도 모처럼 휴식을 취하며 농한기를 즐기신다. 휴일이면 우리 삼남매는 부모님과 함께 유적지를 찾거나 얼음이 꽁꽁 언 하천에서 얼음을 지쳤다. 아버지께서 손수 만들어 주신 썰매를 타며 우리는 정말 행복했었다. 다른 사람들은 똑같은 모양의 썰매를 대여해서 타는데 우리는 아버지의 정성과 사랑이 담긴 썰매를 타며 뿌듯해 하곤 했다. 경주에는 흔치 않지만 눈이라도 올라치면 온 동네가 우리들의 운동장이 되었다. 눈밭을 뒹굴며 눈싸움도 하고 눈사람을 만들며 즐거운 시간을 보냈지만 언제나 짧은 겨울해가 아쉽기만 했다. 대문을 나서면 펼쳐져 있는 하얀 눈밭이 시야에 들어올 때 느껴지는 시원함과 맑고 싱그러운 공기는 더 이상 우리를 집안에 가만히 앉아 있을 수 없게 만들었다. 이런 공기의 맛을 도시 아이들은 평생 한 번이라도 느껴 볼 수 있을까?

어린 시절, 친구처럼 늘 함께였던 자연이 이제는 그립기만하다.

집을 나서면 보이는 푸른 산과 들은 여전히 그대로 남아있지만, 몇 년 전처럼 아무런 걱정 없이 그 속에서 뛰어놀 수 없다는 사실이 안타깝다. 그렇지만 나는 내 어린 시절을 많은 추억과 행복한 이야깃거리로 채워주고 있는, 조금 불편해도 잃는 것보다 얻는 것이 더 많은 농촌 생활을 사랑한다. 지금 이 글을 써 내려가는 고요한 새벽을 가득 메운 개구리 소리까지도…….

시골의 비 오는 날

최주연

"...... 우사 뒤에 있는 연못에는 수련과 물풀들이 있다. 분홍색 수련이 정확히 열세 송이 피어있다. 꽃잎과 이파리에 물방울이 맺혀 있어서 예쁘다. 물 위에 계속 빗방울이 떨어져 동그란 물결이 수도 없이 많이 생긴다.

다시 방 안으로 들어와서 책상에 앉아 유리문으로 바깥을 본다. 비는 여전히 그칠 낌새가 안 보인다. 아까 소나무에 앉아 있던 비둘기는 날아가고 없다......"

- 본문 중에서

지금 여기는 할아버지 댁이다. 할아버지, 할머니가 여행을 가시고 연휴 동안 우리 가족이 소랑 개들도 돌보고 밭일도 하려고 와 있는 것이다. 그런 와중에 난 연필을 손에 쥐고 앉은뱅이책상에 앉아 있다. 수필 쓰기니 모의고사 공부니 해야 할 것이 많기 때문이다. 비는 어제부터 계속 내린다. 아직은 봄의 끝자락인데도 여름처럼 비가 내린다. 이렇게 비 오는 날 시골집에 앉아있다 보니 절로 감상에 젖어들게 된다.

내 바로 앞에는 유리문이 있다. 이 위치에 있으면 바깥 풍경이 훤하게 보인다. 비는 계속 내리고 처마에서는 빗방울이 똑똑 떨어진다. 빗물에 반질거리는 장독대가 있고 옆에는 장미 한 포기랑 도라지 밭이 있다. 그 뒤쪽에는 소나무와 이름 모를 나무들이 많다. 모두들 빗방울을 머금어서 생기 있어 보인다. 소나무 가지에 비둘기가 한 마리 날아와 앉는다. 솔잎 밑에서 과연 비를 피할 수 있을까 하는 의문이 든다. 슬레이트 지붕에 빗방울이 떨어지는 소리가 계속 들리고 있다는 것을 문득 깨닫는다. 아파트인 우리 집에서는 이런 소리를 들을 수 없겠지.

갑자기 배가 살살 아파온다. 어제 매운 고추를 먹고 나서 밤 동안 계속 화장실을 들락거리며 고생했는데 이게 오늘까지 낫지 않았나 보다. 그땐 정말 무서웠다. 밤에, 그것도 비 오는 날에 시골의 화장실에 가야 했다니. 마침 손전등도 잃어버려서 한손에는 우산을 들고 한손에는 휴대폰을 들고 그 희미한 불빛에 의지해서 사방으로 뛰어다니는 개구리를 피해 화장실까지 가야 했다. 그 얼마 안 되는 거리가 어찌나 길게 느껴지던지. 화장실에 들어가서 앉아 있는 것도 고역이었다. 창문으로는 귀신이 날 쳐다보고 있을 것 같았고 빗소리는 누가 화장실 주위를 걸어 다니는 소리 같았다.

어젯밤 일을 되새겨 보니 또 한 가지 사건이 생각난다. 과외를 가야 해서 아버지께서 데려다 주시기를 기다리고 있었는데 갑자기 송아지 한 마리가 아프다는 것이었다. 송아지에게로 가 보니까 송아지는 거의 탈진 상태로 젖도 못 먹고 잘 움직이지도 못하고 아무것도 못하고 있었다. 어머니, 아버지께서는 송아지를 돌보고 있었고 택시를 잡으려면 한참을 걸어 나가야 했다. 몇십 년 전에나 통할 법한 이유로 과외를 못 가게 되다니 기분이 묘했다. 집에 들어와서 문가에서 바깥은 내다보았다. 비는 줄기차게 내리고 다른 곳은 다 깜깜한데 우사에만 불이 켜져 있었다. 송아지는 괜찮을까 하는 생각이 들었다.

너무 집 안에만 틀어박혀 있었다. 우산을 들고 바깥으로 나가 본다. 비 오는 날 특유의 냄새와 흙냄새가 난다. 처마 밑에 고양이가 먼 산을 보며 앉아 있다. 비를 피하고 있나 보다. 늘 말라붙어 있던 도랑에는 물이 신나게 흐르고 나뭇잎 하나하나마다 물방울이 맺혀 있다. 하늘은 온통 구름이 끼어서 하얗다. 우사를 보니 소들이 앉아있다. 비가 계속 오다 보니 소들도 지친 것 같다. 짚 창고는 유일하게 보송보송한 곳이다. 짚 냄새가 향긋하다. 전에 봤을 때는 여기에서 어미 고양이가 새끼 고양이들을 데리고 살고 있었는데 지금은 없어졌다. 우사 뒤에 있는 연못에는 수련과 물풀들이 있다. 분홍색 수련이 정확히 열세 송이 피어있다. 꽃잎과 이파리에 물방울이 맺혀 있어서 예쁘다. 물 위에 계속 빗방울이 떨어져 동그란 물결이 수도 없이 많이 생긴다.

다시 방 안으로 들어와서 책상에 앉아 유리문으로 바깥을 본다.

비는 여전히 그칠 낌새가 안 보인다. 아까 소나무에 앉아 있던 비둘기는 날아가고 없다. 어제 아팠던 송아지는 이제 기운을 약간 차렸다. 할아버지 댁에는 컴퓨터도 없고 TV 채널도 몇 개 안 나오고 이런저런 불편한 일들도 겪었지만, 빗소리를 들으며 감상에 잠겨 보는 이런 오후도 가끔은 괜찮다.

끝동천에 산다는 것

장지연

"…… 동천동은 여덟 살 때부터 내 추억이 되었다. 학창 시절 모두를 동천동에서 지냈고, 남은 1년 6개월의 기간도 이곳에서 지내게 될 것이다. 늘 보아 왔던 이웃과 함께, 또 새로운 이웃과 함께 더 많은 추억을 쌓을 것이다. 김 씨 아저씨, 호영이, 바다소라 남매, 금수니, 션이, 문구점 주인 내외분은 내게 '이웃이란 이런 거다' 하는 걸 잘 알게 해 준 사람들이고, 이들 외에도 소중한 이웃들은 더 많다. 끝동천에 산다는 것은 이들과 함께 함에서 느끼는 행복이고 내 기억 속에서 함께 했고 앞으로도 함께할 추억이다."

– 본문 중에서

나는 경주시 동천동에 산다. 그 동천동 중에서도 끝 부분에 산다. 하지만 교육청, 소방서, 학교와 같이 공공기관도 적지 않다. 덕분에 적지 않은 이웃들과 함께한다. 부모님께서는 동네에서 자영업을 하신다. 직장이 동네이다 보니 항상 마주하는 사람들도 대부분이 이웃 사람들이다. 내가 이 글에서 다루려는 바이기도 하다.

난 10년 동안 동천동에서만 살아왔다. 몇 번 이사했었지만 모두 동천동 내에서였다. 그렇다 보니 날 어릴 적부터 봐왔던 이웃 어른들도 당연히 있다. 그 중 한 분이 김 씨 아저씨이다. 아저씨는 날 볼 때마다 늘 "아이고, 지연이 또 컸네. 이젠 아저씨보다 더 큰 거 아니냐?"라고 말씀하신다. 농담도 서로 주고받을 만큼 친한 사이이다. 아저씨는 우리 아버지와도 친한 사이인데 두 분이 같이 맛있는 음식을 먹으러 가게 되면 아버지보다 더 나서서 내 것을 챙겨 오신다. 아버지와 술자리를 하러 오실 때면 내가 좋아하는 통닭도 같이 시켜서 오신다. 아저씨에게도 딸이 한 명 있으시다. 그래서 딸 가진 아버지로서 날 챙겨주신다. 늘 감사하고 있다.

이웃 중에는, 귀여운 동생인 호영이도 있다. 호영인 일곱 살 유치원생이다. 통통한 볼살과 배는 가뜩이나 귀여운 호영이를 더 귀엽게 보이게 한다. 일곱 살인데도 말하는 것을 들어보면 저게 일곱 살인가 싶을 정도의 말솜씨를 가졌다. 어떤 때는 열여덟 살인 나보다도 더 철들어 보일 때가 있다. 호영이의 어머니께서도 호영이 만큼이나 매력 있으신 분이다. 호영이의 어머니는 횟집에서 일하시는데 내가 초밥을 좋아하시는 것을 알고 자주 초밥을 가져다주신다. 그날 물고기가 남아서 처리하려 함이기도 하지만 귀찮을 텐데도 가져다주셔서 감사하기도 하고 죄송하기도 하다. 그렇게 먹는 초밥은 여느 횟집의 초밥보다 더 맛있다. 호영이도 아줌마를 따라오는데 우리 어머니는 꼭 호영이에게 사탕을 주신다. 호영이도 아마 사탕을 받으려고 굳이 따라오는 것이 아닌가 싶다. 호영이가 어울려 노는 친구 중엔 자신보다 나이가 많은 남매가 있는데 나는 그 아이들을 바다소라 남매라고 부른다. 바다소라 남매는 초등학생인데 나이답게 정말 장난기가 심하다. 잠시 가만히 있으면 몸이 간지럽기라도 한 듯 계속 뛰어다니고 잡기 놀이하고 한시도 가만있을 때가 없다. 한번은 내가 참다못해 나름 연장자라고 아이들을 진지한 척하며 혼을 냈었는데 그 뒤로 내 앞에서만큼은 조용하고 순한 양이 된다. 그럴 때 보면 좀 귀엽기도 하다.

이웃 중 동생들은 많은데 정작 친구는 몇 명 안 된다. 귀한 친구 중 한 명이 금수니인데 햇수로 5년째이다. 우연히 같은 중학교로 배정되어서 3년 동안 함께 통학했다. 3년 동안 많이 싸우고 어긋나기도 했지만 머지않아 화해하고 풀었다. 그래서 중학교를 졸업하고 여전히 잘 지내고 있다. 여유롭게 걸어도 집이 5분 거리라서 제집 드나들 듯 다닐 수 있다는 점에서 더 좋은 것 같다. 금수니는 나의 고민을 잘 들어준다. 별다른 조언은 못 해주는 애지만 어설픈 조언 대신에 귀담아 듣고 침묵할 줄 아는 친구이다. 그런가 하면 7년 지기 친구 션이도 있는데 션이 역시 집이 5분 거리이다. 초등학교 때 한 자전거로 통학했었다. 그때의 추억이 아직도 생생하다. 중학교, 고등학교를 다 갈라졌지만, 초등학교 동창,동네 친구의 명목으로 잘 지내고 있다. 금수니와는 달리 션이는 좀 수다스럽다. 그래선지 션이와 대화할 땐 내가 금수니의 역할을 한다. 집이 가까운 만큼 집 주변에 카

페가 생기면 곧바로 만남의 장소가 되고 닭강정 가게가 생기면 역시 금방 접선지가 된다. 내가 사는 동천동엔 그런 장소가 드물어서 더욱 귀한 접선지인 것이다.

동천초등학교 뒷문의 문구점 주인 내외는 내가 초등학생 때부터 그 자리를 지키고 계신다. 요즘도 문구점 갈 일이 생겨서 가면 반갑게 맞이해주신다. 다른 문구점들은 실내장식을 다 고치고 주인이 바뀌고 했는데도 그 문구점만은 내 초등학생 때의 모습 그대로 남아 있다. 내 추억도 그곳에 남아 있다.

동천동은 여덟 살 때부터 내 추억이 되었다. 학창 시절 모두를 동천동에서 지냈고, 남은 1년 6개월의 기간도 이곳에서 지내게 될 것이다. 늘 보아 왔던 이웃과 함께, 또 새로운 이웃과 함께 더 많은 추억을 쌓을 것이다. 김 씨 아저씨, 호영이, 바다소라 남매, 금수니, 션이, 문구점 주인 내외분은 내게 '이웃이란 이런 거다' 하는 걸 잘 알게 해 준 사람들이고, 이들 외에도 소중한 이웃들은 더 많다. 끝동천에 산다는 것은 이들과 함께 함에서 느끼는 행복이고 내 기억 속에서 함께 했고 앞으로도 함께 할 추억이다.

우리 집 마당

김성은

"...... 초등학교 다닐 땐 아파트에 사는 친구들이 부러워서 이사 가자는 말을 곧잘 했었다. 꽃피면 벌과 나비들이 날아다니고 아침엔 시끄러운 새소리, 밤에는 동네 뒤쪽의 논에서 들리는 귀뚜라미 소리, 비오면 개구리들이 뛰어다니는 곳을 어머니는 왜 좋아하실까, 이해를 못했었다. 그런데 고등학생이 되어 기숙사 생활을 하는 지금, 주말에 집에 와서 대문을 열 때 가장 먼저 보이는 마당의 풍경들은 내 마음을 편안하고 상쾌하게 해준다. 꽃들이 활짝 피어 있고 튼튼하게 잘 자라는 나무들을 보면서 난 우리 집 마당을 점점 좋아하게 되었다."

\- 본문 중에서

겨우내 누렇게 변해있던 마당 잔디밭에 파릇파릇한 새싹들이 올라와 봄이 왔음을 느끼게 했다. 마당 있는 여느 집과 마찬가지로 우리 집은 봄 마당이 가장 생기가 넘친다. 여기저기서 돋는 꽃과 새파란 잎들이 눈을 즐겁게 해준다.

장독대엔 어머니가 아끼시는 크고 작은 장독들로 가득하다. 내가 어릴 때 마당에서 놀다 어머니가 잠시 딴일 하시는 동안 고추장 단지 뚜껑을 열어 고추장을 찍어먹고 매운 입을 호호 불며 울던 기억, 소금단지에 물을 부어 어머니께 혼났던 기억들이 떠오른다.

외할머니는 꽃을 매우 좋아하셨다. 할머니께서 마당에 꽃씨를 많이 뿌려주셔서 우리 집 마당엔 특별히 꽃과 나무들이 많았다. 어머니는 할머니와는 달리 꽃을 별로 좋아 하지 않았다고 하셨다. 그런데 할머니께서 돌아가신 지금은 할머니처럼 꽃들을 가꾸신다. 특히 과일나무를 좋아하시는지 해마다 봄이 되면 과실나무를 심으신다. 이유를 물어보니 옛날에 외할머니께서 이모들을 키우시면서 과실나무를 여러 개 심어주셔서 그 없던 시절에 과일은 풍성히 먹었다고 그 시절을 그리워하시며 나와 오빠들에게도 유기농 과실을 먹게 해주고픈 어머니의 마음이라고 하셨다.

마당에서 키우는 것은 장미, 수선화, 모란, 명자나무, 선인장, 매실나무 등등 아주 많다. 나는 장미 중에서도 노란 장미를 좋아한다. 하루는 꽃집에 가서 노란 장미를 샀었는데 나중에 꽃이 피고 보니까 분홍색인 것이다! 꽃집에서 색을 착각하여 내게 줬는가 싶어 조금 실망했었는데 지금 마당에 활짝 펴있는 걸 보면 무슨 색이든 꽃은 참 아름답다는 생각이 든다. 또 내가 눈이 좋지 않다고 작년에 어머니가 블루베리를 두 그루 심으셨는데 몇 달 안 돼서 열매가 열려 스무 알 정도를 따먹었었다.

올해도 열매 열릴 때 따먹을 걸 생각하니 기대가 된다. 그리고 어머니가 좋아하시는 것들 중에는 선인장이 있다. 아버지는 가시가 너무 많아서 우리가 다칠까봐 염려하셨는데 아니나 다를까 일이 벌어졌다. 장난을 치다가 작은오빠의 얼굴에 선인장 가시가 소복이 박혀버린 것이다. 그 날 가시를 뺀다고 고생했던 기억이 아직도 생생하다. 그 일 후에 어머니는 그 선인장만 버리고 다른 건 여전히 키우고 계신다.

마당 한쪽 옆엔 3년째 가꾸고 있는 텃밭이 있다. 땅에 거름을 뿌리고 유기농비료를 주어 기름진 땅으로 만드는 건 아버지의 몫이고, 거기에 여러 가지 모종들을 심는 건 어머니의 몫이다. 작년까지 텃밭 근처에 산모기가 너무 많아 어머니께서 고생을 좀 하셨다. 일반 모기와 다르게 물리면 엄청 가렵고 심하게 부어오르기 때문이다. 그래서 올해는 내가 좋아하는 방울토마토랑 오이고추, 상추, 호박 등 간단한 것만 심었다고 하셨다. 다음 달쯤엔 유기농 방울토마토의 싱싱함을 맛 볼 수 있을 것 같다. 고추와 상추가 자라면 아버지는 지인들을 불러서 마당에서 숯불을 지펴 고기 파티도 몇 번이나 열 것이다.

초등학교 다닐 땐 아파트에 사는 친구들이 부러워서 이사 가자는 말을 곧잘 했었다. 꽃피면 벌과 나비들이 날아다니고 아침엔 시끄러운 새소리, 밤에는 동네 뒤쪽의 논에서 들리는 귀뚜라미 소리, 비오면 개구리들이 뛰어다니는 곳을 어머니는 왜 좋아하실까, 이해를 못했었다. 그런데 고등학생이 되어 기숙사 생활을 하는 지금, 주말에 집에 와서 대문을 열 때 가장 먼저 보이는 마당의 풍경들은 내 마음을 편안하고 상쾌하게 해준다. 꽃들이 활짝 피어 있고 튼튼하게 잘 자라는 나무들을 보면서 난 우리 집 마당을 점점 좋아하게 되었다.

내가 성장하는 것처럼 마당의 꽃과 나무들도 어서 자라서 큰 그늘 역할을 하여 우리 가족의 휴식 공간이 되어 줬으면 좋겠다.

3부. 벽을 넘어서는 용기

- 학교, 친구들

벽을 넘어서는 용기

김유현

"……젊다는 것은 남은 시간만큼 많이 성장할 수 있다는 것이고 상처받더라도 회복할 여유가 있다는 것을 뜻한다. 청년들은 호기롭고 재기발랄하다. 그들은 실패를 두려워하지 않는다. 그들이 두려워해야 할 유일한 것은 성장할 기회를 빼앗기는 것이다.

나에게는 아직 넘어야 할 벽이 많이 있다. 벽을 넘기 전 나는 그 벽을 넘으며 얻을 상처와 어려움을 보고 넘는다. 그 과정 속에서 나는 쭈뼛거릴 것이고 두려워할 것이지만 그러한 과정들로 인해 내가 성장한다는 것을 안다."

– 본문 중에서

내 중학교 시절을 10으로 본다면 7 : 3으로 나눌 수 있다. 3은 1학년에서 2학년까지 빈 머리를 간직한 채 흘려보낸 시간들이다. 그 당시의 나는 즐겁기는 했지만 즐거움 때문에 학생의 의무를 저버린 시기이기도 하다. 나머지 7은 그 즐거운 시간을 반성하며 살아왔던 인생 중 유일한 꿈이었던 경주여고 입학을 향해 달려간 나의 시간과 노력이라고 볼 수 있다. 그 7의 시기에 내가 꿈에 거의 다다랐을 때쯤, 나와 내 친구는 더 넓은 꿈에 대해 생각해 보게 되었다. 내 가장 친한 친구였던 그 아이는 내게 무엇이 되고 싶냐고 물었다. 나는 당당하게 내가 평소 눈여겨 봐 두었던 직업들을 재잘댔다. 웨딩플래너, 꽃집 주인, 북 디자이너 ……. 모두 부자가 될 수 있거나 안정적인 직업은 아니었지만, 나는 이 일들을 하면서 나를 자유롭게 표현할 수 있고 즐거울 것이라고 여겼다. 그래서 생각해봤던 것인데 돌아온 대답은 내 입을 막았다.

"힘들게 경주여고까지 가서 그런 걸 하게?"

그 순간 나는 꿈을 이루기 위한 과정에 닿기도 전에 내 결심이 부서지는 소리를 들었다. 그리고 1년 동안 열심히 달려왔던 내 모습과 꿈을 이룬 후 벌어들일 돈의 액수, 늙어버린 부모님의 모습이 내 눈앞을 스쳐 지나갔다. 친구는 나를 걱정하고 있었고 그 말은 틀린 말이 아니었기 때문에 나는 그저 이제야 현실을 보게 된 것일 뿐이라고 생각했다.

경주여고에 입학한 지도 어언 1년이 지나고 지금은 2년을 채우고 있다. 1년 동안은 1학년답게 풋풋하고 발랄하게 보냈다. 주변 사람들도 나를 보는 시선은 해맑은 중학생 보듯 했다. 실제로도 나는 하루하루가 즐거웠다. 등교하는 것, 수업 듣는 것, 심지어는 야자 하는 것까지. 일과를 마치고 잠자리에 누우면 기대가 됐다. 그렇게 2학년이 된 나는 내가 그 1년 동안 성장했음을 느꼈다.

예전에는 전혀 생각지 못했을 것을 생각해낼 때, 지난날 원망만

했던 부모님의 행동과 말에 담긴 의미를 깨달을 때, 나는 내 안에 숨어 있던 무언가가 예고 없이 팡, 하고 터지는 기분이 들었다. 살아온 인생 17년 동안 느끼지 못하던 것을 이제야 느낀다는 것은 이상한 일이지만 많은 것을 겪고 성장한 나는 지난날의 성장을 깨달을 만큼 발전해온 것일지도 모른다. 그러한 나에게도 고민은 있다. 꿈을 가지고 있어도 무엇을 위해 그것을 하는 것인지, 어떻게 하면 그 꿈에 다가갈 것인지에 대한 고민이다. 하지만 이 고민으로 인해 나는 좌절하지 않는다. 어떻게 하면 이것을 헤쳐 나갈 수 있을지 또 다른 고민을 한다. 한 가지 분명한 것을 '그 당시' 내게 가장 부족했던 것은 '용기'였고, 인지하고만 있었던 그 덕목이 내가 성장함을 깨달음과 동시에 내 안으로 들어왔다는 것이다.

용기를 얻은 내가 다시 열여섯 살로 돌아간다면 꿈을 버리지 않게 될까? 어쩌면 두려움 때문에 똑같은 선택을 할지도 모르지만 적어도 그렇게 쉽게 포기하지는 않을 것이다. 지금의 나는 다른 꿈이 있고 젊다. '청춘의 특권은 젊음이다.' 라는 문장을 보았을 때 받은 감명은 이 문장과 함께 내 머릿속에 기억되어 있다. 젊다는 것은 남은 시간만큼 많이 성장할 수 있다는 것이고 상처받더라도 회복할 여유가 있다는 것을 뜻한다. 청년들은 호기롭고 재기발랄하다. 그들은 실패를 두려워하지 않는다. 그들이 두려워해야 할 유일한 것은 성장할 기회를 빼앗기는 것이다.

나에게는 아직 넘어야 할 벽이 많이 있다. 벽을 넘기 전 나는 그

벽을 넘으며 얻을 상처와 어려움을 보고 넘는다. 그 과정 속에서 나는 쭈뼛거릴 것이고 두려워할 것이지만 그러한 과정들로 인해 내가 성장한다는 것을 안다. 그래서 나는 그 힘을 발판삼아 벽 앞에 주저앉지 않고 넘으려고 애쓴다. 한번 벽을 넘었다는 사실은 또 다른 시련을 겪으며 잊혀진다. 하지만 잊혀질지언정 사라지지는 않는다. 그 기억은 용기로 전환되어 내 내공에 차곡차곡 쌓인다. 나는 꿈을 꾸고 벽을 넘고 성장하고 용기를 얻고 다시 꿈을 꾸고……. 젊음의 특권은 이러한 순환의 중심에 있다는 것이 아닐까.

설렘이 사라져 가는 사회

손지수

"…… 나는 꿈은 있지만 점점 자신이 없어진다. 초등학교 때부터 아나운서가 꿈이었는데 고등학교 와서 초등학교 선생님이 되어야겠다는 생각이 점점 든다. 선생님이라는 직업이 나의 적성과 흥미와는 전혀 상관없지만 고등학교 들어서 아나운서라는 내 꿈이 허황되고 현실적으로 너무 힘들다고 생각되었다. 나뿐만 아니라 많은 아이들이 어릴 적 가졌던 꿈을 잃고 성적에 맞추어서, 부모님의 요구에 의해 진로를 설정한다."

- 본문 중에서

'꿈'이라는 단어는 사람들을 늘 설레게 한다. 사람은 태어나서 죽을 때까지 꿈을 꾸어야 하는 존재이다. 하지만 요즘 사람들은 꿈을 잊어버리고 산다. 최근 초등학생들을 대상으로 한 설문조사에서 장래 희망 1위가 공무원이라고 한다. 꿈을 가지는 것이 아니라 부모님의 꿈을 아이에게 투영시킨 것이다. 중학생, 고등학생이 되어도 꿈은 크게 달라지지 않는다. 오히려 꿈이 없어진다. 오직 좋은 대학교로 가는 것이 목표가 된다. 성적에 맞추어 대학교를 가고 대학생이 되어서도 꿈을 정하지 못해 방황하는 사람이 많다. 그리고 나이가 들어서는 꿈을 꾸려는 생각조차 하지 않는다. 꿈이 생활의 활력소가 되어주는데 그저 더 높은 곳으로 올라가려고만 한다.

나는 꿈은 있지만 점점 자신이 없어진다. 초등학교 때부터 아나운서가 꿈이었는데 고등학교 와서는 초등학교 선생님이 되어야겠다는 생각이 점점 들었다. 선생님이라는 직업이 나의 적성과 흥미와는 전혀 상관없지만 아나운서라는 내 꿈이 허황되고 현실적으로 너무 힘들다고 생각되었기 때문이다. 나뿐만 아니라 많은 아이들이 어릴 적 가졌던 꿈을 잃고 성적에 맞추어서, 부모님의 요구에 의해 진로를 설정한다. 친구들도 꿈을 잃어버린 지 오래다. 장래 희망을 적으라고 하면 '찾는 중'이라고 말하는 아이들도 많다. 아니면 적성과 흥미와 상관없이 안정적이고 보수도 괜찮은 직업을 찾는다.

2년 전 '기적의 오디션'이라는 연기자 오디션 프로그램을 봤다. 한 도전자가 원래 꿈이 연기자였는데 현실적으로 되기 힘들어서 선생님이 되었다고 했다. 그 후 중년의 나이가 되어서도 연기자의 꿈을 버리지 못해 오디션에 참가했다. 이렇듯 사회가 사람들을 현실적으로 세상을 보도록 만들고 있다.

학교에서는 꿈을 꾸라고 이야기하지 않는다. 공부만 열심히 하면 높고 거대한 미래가 펼쳐질 것이라고 이야기한다. 완전히 틀린 말은 아니다. 공부를 잘하면 좋은 대학교에 가서 소위 말하는 '좋은 직업'

을 얻기 쉬워진다. 하지만 꿈이라는 정확한 목표가 있으면 꿈을 이루기 위해 공부를 더 즐겁게 스스로 하지 않을까? 새벽 일찍 일어나 밤늦게까지 야자를 하면서도 이렇게 공부를 열심히 하는 이유를 모르는 학생들이 많다. 성공하고 싶어 공부한다는 학생들도 있지만 인생을 성공적으로 살기 위해서는 꼭 꿈이 필요하다. 학교가 공부만 강요하지 않고 어릴 때부터 꿈을 찾아가게 도와주는 곳이 되었으면 좋겠다. 사회부터 직업의 귀천을 따지는 풍조를 바꾸고 부모들이 공부보다는 자녀들의 꿈에 더 관심을 가져주었으면 한다.

울산에 사는 삼촌과 숙모는 전원주택을 갖는 것이 꿈이었다. 얼마 전 그 꿈을 이루어 집을 지었고 텃밭을 가꾸며 집 꾸미기에 푹 빠져 산다. 꿈을 위해 노력한다는 것만으로도 생기가 도는데 꿈을 이루었다는 것은 말로 표현할 수 없는 기쁨일 것이다. 삼촌과 숙모를 보며 큰 꿈이 아니라도 꿈을 꾼다는 것이 삶은 풍족하게 만든다는 것을 느꼈다. 이렇게 나이가 들어서도 꿈을 꾸는 사람들이 많았으면 좋겠다. 크고 거창한 꿈이 아니라도 소소한 꿈이라도 늘 가지고 그것을 이루기 위해 나아간다면 단조로운 일상이 지겹지 않을 것이다.

나의 꿈은 휴식기를 맞이했다. 어떤 길로 나아갈지 아직 모르겠지만 꿈을 꾸는 현재진행형 삶을 살고 싶다. 나이가 들어 자녀가 생기면 자신 있게 “엄마는 늘 꿈을 꾸었고 노력하는 삶을 살아왔어. 너도 너만의 꿈을 꾸며 살았으면 좋겠구나.” 라고 말해줄 수 있도록. 인생은 짧고 자기가 하고 싶은 것을 하며 살아가야 후회가 없다. 원하는 꿈이 머릿속을 떠나지 않고 그것을 이루기 위해서는 무슨 노력이든 하겠다는 일념이 있다면 도전해 볼 수 있는 정신이 필요하다. 꿈을 꾸는 사람만큼 행복한 사람은 없다. 꿈이 있으면 어디로 나아가야 할지 알고 모든 사람이 원하는 성공도 따라온다. 오늘도 꿈을 꾸고 꿈을 위해 노력하고 있는 모든 사람들이 세상을 변화시키고 있다.

대학을 안 가면 살 수 없나요?

권경민

"…… 분명 마음속으로는 대학을 가지 않아도 되는 이유를 수백 가지도 댈 수 있을 것이다. 그러나 나는 아직 어린 한 여고생에 지나지 않기 때문에, 사회가 정해 놓은 틀을 과감히 깨버리기에는 힘이 부족하다. 그렇기에 앞으로도 나를 비롯한 학생들은 매일 입시전쟁에 시달리며 대학을 바라보고 무작정 달릴 것이다."

– 본문 중에서

대학. 요즘 나와 같은 또래의 학생들이라면 누구나 공감할 만한 고민거리이다. 그리고 입시. 우리 학생들은 누구보다 치열하게 입시를 위해 공부하고 있다. 나 또한 중학교 때부터 '남들 다 하는 공부니깐, 대학을 가긴 가야 하니깐', 이라는 막연한 생각으로 여태껏 공부에 매달려 왔다. 하지만 요즘 들어 힘들게 공부를 하고 있을 때면 이런 생각이 들 때가 있다. 최근에 부쩍 공부하는 이유에 대해서, 대학을 꼭 가야만 하는지에 대해서 많은 고민을 하기 시작한 것이다.

사실, 솔직한 심정으로 고백하자면 내게는 아직 제대로 된 꿈도,

미래의 계획 같은 것도 없다. 그래서 이렇게 마음을 제대로 잡지 못하고 있는 것일 수도 있다. 하지만 자꾸만 고민되는 건 내가 무얼 하고 싶든 대학이 선택이 아닌 필수가 되어버린 것 같다는 생각 때문이다. 그리고 언젠가 나에게도 그런 의식이 뿌리 깊게 자리 잡혀 버렸다는 것을 느낀 적이 있었다.

얼마 전 모의고사 성적이 나온 날의 일이었다. 한 친구가 나에게 자신의 성적을 한탄하면서 이렇게 말한 적이 있다.

"난 정말 대학 못 가겠어. 대학 안 가고 장사나 할까?"

그 친구의 말에 나는 반사적으로 이렇게 대꾸해 버렸다.

"뭐? 그런 소리 하지 마. 대학은 가야지!"

라고 말이다. 지금 생각해 보면 나도 '대학은 필수다'라는 의식을 마음 한 구석에 가지고 있었던 것 같다. 왜 그랬나 생각을 해 보니, 답은 딱 하나였다. 어릴 때부터 내 주위의 공부하는 사람들 모두, 열심히 하든 안하든 최종 목표는 대학이었다. 누구든지 대학을 꼭 가려고 했고 부모님도 열심히 공부해서 좋은 대학을 가라 말씀하셨다. 그래서 대학은 꼭 가야 하는 것인 줄로만 알았다.

그러다 보니 내가 진짜로 원하는 것이 무엇인가에 대해 집중했던 시간은 없고 오로지 대학이 공부의 궁극적 목표라도 된다는 듯이 맹목적으로 공부를 했던 것 같다. 그렇게 중학교 시절을 보내고 난 지금, 고등학생이 된 이 시점에서 다시 공부를 하는 이유에 대해 생각하고 있는 것이다. 하지만 이제서 다시 생각하게 된 그 이유는 아무리 생각해도 딱히 이렇다 할 답이 나오질 않았다. 이런 상황에서 하루에도 몇 번씩 불쑥 불쑥 드는 생각은 '정말 대학이 필수일까?'라는 것이다.

대학을 꼭 가지 않더라도, 내가 하고 싶은 일을 마음껏 하면서 행복하게 살 수 있는 길을 얼마든지 많이 있다고 생각한다. 누군가는 대학이 삶의 질을 결정하는 문제라고도 말하는데, 그 점에 어느 정도는 동감할 수 있겠지만, 완벽하게는 아니다. 삶에서 행복의 문제는 단순히 그런 것으로만 정해질 수는 없다고 생각하기 때문이다. 그런 점에서 우리 청소년들에게 열려있는 길이 '대학'이라는 문 하나밖에 없다고 생각하니, 가슴이 답답해지기도 한다.

하지만 가장 안타까운 현실은, 내 수많은 고뇌에도 불구하고 내가 대학을 선택할 수밖에 없다는 것을 알고 있다는 것이다. '대학을 안 갈 수는 없나?'라는 나의 고민이 너무나 멀리 있는 꿈 같은 이야기이기 때문이다. 현실적으로 생각했을 때. 대학을 안 갈 생각을 하는 고등학생은 거의 없고, '고등학생이라면 무조건 대학을 가야 한다'라는 생각이 일반적이기 때문이다.

사실 이런 나의 고민은 사회적인 문제로 인식되고 있기도 하다. 좋은 대학을 나온다고 해도 취직이 어려운 것이 현실이다. 또한 예전부터 입시 위주 교육의 효율성에 대한 비판 등이 나오고 있기도 하다. 그럼에도 불구하고 문제의식만 갖고 있을 뿐 시원한 해결책을 내 주지 못하는 우리 한국의 교육 현실에서 나는 어떤 게 맞는 것인지 헷갈려 하고 있다.

분명 마음속으로는 대학을 가지 않아도 되는 이유를 수백 가지도 댈 수 있을 것이다. 그러나 나는 아직 어린 한 여고생에 지나지 않기 때문에, 사회가 정해 놓은 틀을 과감히 깨버리기에는 힘이 부족하다. 그렇기에 앞으로도 나를 비롯한 학생들은 매일 입시전쟁에 시달리며 대학을 바라보고 무작정 달릴 것이다. 하지만 하나 바라는 것이 있다면, 내가 다음에 낳은 아이들이 살아갈 사회는 자기 생각 없이 남들을 좇아서 대학을 가야만 하는 그런 곳이 아니었으면 할 뿐이다.

누군가는 이 글을 읽고 어느 여고생의 공부하기 싫은 투정에 지나지 않는다며 그저 웃어넘길 수도 있겠지만, 적어도 나와 같은 처지에 있는 전국의 고등학생들은 그저 웃을 수만은 없을 것이다. 그래서 우리 학생들은 오늘도 마음속으로 작게 아우성친다. "대학을 안 가면 살 수 없나요?"라고 말이다.

생각할 시간 좀 주세요

주연희

"...... 대한민국에 살고 있는 많은 학생들은 인생에서 꼭 이루고 싶은 간절한 꿈을 가지고 있지 않다. '꿈이 뭐야?'라고 물어보면 나오는 대답은 열 손가락으로 꼽을 수 있다. ...... 자신의 인생에서 이루고 싶은 가치관에 따라 이런 직업을 선택했다면 아무런 문제가 없다. 하지만 우리나라 대부분의 학생들은 좋아하는 일, 자신의 가치관보다 사회적 명예, 돈과 같은, 사회가 요구하는 조건에 맞는 직업을 선택한다. 자신을 위한 꿈이 아니라 남을 위한 꿈을 꾼다."

- 본문 중에서

흔히 하버드 대학은 미국 최고의 대학이자, 세계 최고의 대학으로 불린다. 하버드대학에 입학만 시켜준다면 어떤 어려움도 견뎌낼 수 있을 것 같지만 실상은 그렇지 않다. 많은 학생들이 힘든 대학 생활을 이겨내지 못하고 중간에 학업을 포기한다. 그런데 안타까운 사실은 스스로 학업을 포기하는 학생들 중 40%이상이 한국 학생들이라는 것이다. 뿐만 아니라 하버드 대학에서 낙제하는 동양인 학생 10

명 중 9명이 한국계라고 한다. 아마 한국의 숨 막히게 하는 교육을 경험해 본 사람이라면 그 이유를 짐작할 것이다. 하지만 한국 학생들의 높은 학업 중단율에 대한 이유를 알 턱이 없었던 하버드 대학 교육위원회는 오랜 기간 조사를 벌이게 된다. 우리가 예상한 것과 같이 "학업을 중도에 포기한 학생들에게는 인생의 장기 계획이 없다."라는 것이다.

인생의 장기 계획, 꿈이 없다는 사실은 단지 하버드의 한국 한생들만의 문제가 아니다. 대한민국에 살고 있는 많은 학생들은 인생에서 꼭 이루고 싶은 간절한 꿈을 가지고 있지 않다. '꿈이 뭐야?'라고 물어보면 나오는 대답은 열 손가락으로 꼽을 수 있다. 의사, 간호사, 선생님, 가수, CEO, 외교관 등등…… 절대 이런 직업들이 나쁘다는 것이 아니다. 자신의 인생에서 이루고 싶은 가치관에 따라 이런 직업을 선택했다면 아무런 문제가 없다. 하지만 우리나라 대부분의 학생들은 좋아하는 일, 자신의 가치관보다 사회적 명예, 돈과 같은, 사회가 요구하는 조건에 맞는 직업을 선택한다. 자신을 위한 꿈이 아니라 남을 위한 꿈을 꾼다. 어쩌면 이것은 당연한 결과일 수밖에 없다. 대한민국의 학생들에게 '나'에 대해 생각할 시간은 주어지지 않는다.

최근 한국고용정보원의 조사 결과가 우리나라의 현실을 여실히 보여준다. 초등학생 11.2%, 중학생 34.4%, 고등학생 32.3%가 '장래 희망 없음'에 응답했다. 학생들은 장래 희망을 결정하지 못한 가장 큰 이유로 '자신에 대한 탐색, 고민의 시간과 계기의 부족'으로 꼽았다. 우리나라의 학생들에게 자신의 삶을 위해 무슨 일을 하며 살지 고민하는 시간들은 낭비로 여겨진다. '미래를 생각할 시간에 공부를 해! 그러면 대학이 안정된 삶, 행복한 삶을 보장해 줄 거야!'라고 사회는 학생들에게 강요한다. 그래서 자신이 좋아하는 일, 잘 할 수 있는 일을 찾아야 할 시기에 공부에만 매달리고 있다. 그렇지만 안타깝게도, 잠깐의 생각할 여유 없이 입시를 위해 경주마처럼 공부할 수밖에 없는 것이 우리나라의 현실이다.

오로지 좋은 성적만이 꿈을 이룰 수 있는 방법으로 여겨지는 우리나라에서 성적이 떨어진다는 것은 엄청난 스트레스이다. 그래서 자신이 하고 싶은 일을 찾고 싶은 마음은 굴뚝같지만 성적에 대한 고민으로 포기해 버리고 만다. 꿈을 찾지 못해 마음을 잡지 못하고 방황하는 친구와 이야기를 나눈 적이 있다. 그 고민 때문에 공부도 손에 잘 잡히지 않는다고 했다. 그래서 나에게 "나중에 뭘 하며 살아야 될지 모르겠어."라고 물어왔지만, 나도 공부에 쫓겨 오랫동안 같이 고민해 줄 수도, 시원한 답변을 내려줄 수도 없었다. 이처럼 많은 학생들이 고등학생이 되면서 자신의 미래에 대해 고민하게 되지만, 눈앞에 보이는 성적이라는 숫자 때문에 충분히 고민할 시간을 갖지 못한다. 성적으로 인해 꿈과 멀어지는 아이러니한 상황이 발생하는 것이다. 학생들은 당장의 성적 때문에 미래에 대해 고민할 시간도 없이 책상 앞에 붙들려 공부하고 있다.

다행히 자신의 꿈에 대해 생각할 여유도 없이 공부해야 했던 학생들에게 기쁜 소식이 있다. 정부가 청소년들에게 꿈이 없다는 사실에 심각성을 느끼고, '자유학기제'라는 대안을 내놓았다. 자유학기제는 입시공부에만 매달리는 학생들에게 미래를 설계할 시간을 주는 것이다. 앞으로 학생들은 중학교 1학년 한 학기 동안 시험에서 벗어나 자신의 진로에 대해 고민하며 꿈을 찾을 수 있는 기회를 갖게 된다. 6개월 동안 직접 보고, 듣고, 체험하며 꿈과 진로를 찾는 과정은 학생들이 공부라는 긴 마라톤을 완주하는 데 큰 도움이 될 것이다.

자유학기제라는 시간을 통해, 모든 학생들의 가슴 속에 꿈이라는 작은 씨앗이 심어졌으면 한다. 대한민국 학생들에게 중, 고등학교 시절이 공부만 한 슬픈 추억이 아닌 꿈에 대해 고민하고, 진정한 나를 찾을 수 있었던 행복한 기억이 될 수 있었으면 한다. 이제 학생들에게 공부하라는 소리보다 먼저 꿈에 대해 생각해 볼 시간을 주는 건 어떨까?

이불 냄새

이향임

"...... 이불이었다. 기숙사에 오기 전 집에서 챙겨온 이불에서 그리움의 냄새가 나고 있었다. 다시 집중했다. 동네 시장을 돌아다니며 이 이불을 고르고 또 골랐을 어머니의 모습이 보였다. '구두쇠 아줌마. 또 이불이 너무 비싸다며 싸게 해 달라 했겠지. 할머니는 또 이불이 별로라며 바꿔오라 했을 거야. 분명 엄마는 싫다 했을 것이고, 할머니는 기분 상하셔서 한동안 말도 안 하셨을 지도 몰라."

– 본문 중에서

3월이었다. 모든 것이 새롭게 시작되는 달. 나 역시 2학년의 삶을 시작했다. 물론 나는 '2학년' 앞에 '기숙사생' 이라는 말이 붙는다. 나는 기숙사에서 생활하는 기숙사생이다. 가져온 짐을 풀지도 않고 부모님과 눈물어린 눈으로 작별인사를 하던 아이들도 기숙사생이다. 나와 그 아이들의 차이가 있다면 1년이라는 시간 동안 얼마나 이불 냄새를 맡았는지의 차이일 것이다.

나는 이불을 좋아한다. 이불속에서 공부하겠답시고 책을 펴 놓지만 그대로 잠들어 버리기도 하고, 아침에 알람을 듣고 깨어나지만 이불 속이 너무 따뜻해서 깨어나기 싫다는 이유로 늦잠을 자는 경우도 허다하다. 이렇게 이불이 따뜻하고 편안해서 좋아하기도 하지만 내가 이불을 좋아하는 데는 다른 이유도 있다.

작년 5월쯤이었다. 어느 날 친구가 내게 이런 이야기를 해 주었다. '기숙사생에게는 특유의 냄새가 난다.'고. 나는 그 말이 '너에게서 어떤 냄새가 나니 좀 씻어라.' 라는 의미를 담고 있는 우회적 말하기인 줄 알았다. 그래서 그날 저녁 발가락 사이사이까지 깨끗이 씻고 잠들었다. 그리고 '특유의 냄새'에 대해 완전히 잊고 있었다. 그러다 올해 3월 다시 기억해 냈는데, 다름 아닌 입학생들이 이불을 들고 기숙사로 들어오는 모습에서였다.

작년 3월 나도 그 친구들과 다른 게 없었다. 한손으로는 부모님과 작별 인사를 나누고, 다른 한쪽 손으로는 계속 떨어지는 물바가지를 겨우 붙잡고 있었다. 앞으로는 나 스스로 해내야 한다는 생각에 두려운 마음 반, 새로운 환경에 대한 기대감 반으로 배정받은 방으로 들어섰다. 사실 나는 기숙사에 대한 환상 같은 막연한 기대를 가지고 있었는데, 그 기대 중 하나가 2층 침대였다. 2층 침대를 처음 접하는지라 처음에는 그저 즐겁기만 했다. 하지만 소등 시간인 12시가 다 되어가자 집 생각이 조금씩 나기 시작했다. 나만 그런 것이 아니라 방 친구들도 그랬던지 다들 부모님과 전화 통화를 하고 있었다. 나도 어머니께 전화를 드렸다. ' 밥 잘 챙겨먹고, 이불 꼭 덮고 자거라.' 라는 말에 나도 모르게 짜증 섞인 말로 '괜찮으니까 너무 걱정 하지마세요.' 라고 대답하고 통화를 끝내버렸다. 내가 힘들어 한다는 것을 어머니가 눈치채는 것이 싫었기 때문이기도 하고, 나중에 가족들이 기숙사에서 첫날 울었다는 것으로 나를 놀리는 것이 싫기도 해서였다. 어쨌든 통화를 끝내고 잠을 자기 위해 침대에 누웠는데 도무지 잠에 일찍 들 것 같지 않았다. 이불을 머리끝까지 덮고 '양을 세는 것보단 낫겠지.' 라는 마음으로 실로 그려진 이불의 꽃의 개수를 세었다. 그러다 숨이 차서 발로 이불을 걷어내었다. 그리고 앞으로 내가 살게 될 기숙사의 공기를 마셨다. 너무 낯설기만 했다. 집에서는 항상 느낄 수 있었던 할머니의 밥 냄새나 아버지의 땀이 섞인 작업복 냄새는 느낄 수 없었다. 눈물 한 방울이 '톡' 하고 떨어져 이불 위의 꽃잎이 되었다. 그 순간 나는 미약하나마 집 냄새를 느낄 수 있었다. 깜짝 놀라서 온 정신을 집중하고 다시 집 냄새를 탐색했다.

이불이었다. 기숙사에 오기 전 집에서 챙겨온 이불에서 그리움의 냄새가 나고 있었다. 다시 집중했다. 동네 시장을 돌아다니며 이 이불을 고르고 또 골랐을 어머니의 모습이 보였다. '구두쇠 아줌마. 또 이불이 너무 비싸다며 싸게 해 달라 했겠지. 할머니는 또 이불이 별로라며 바꿔오라 했을 거야. 분명 엄마는 싫다 했을 것이고, 할머니는 기분 상하셔서 한동안 말도 안 하셨을 지도 몰라. 지금쯤이면 언제나 화해했으니까 괜찮겠지.' 이런 생각을 하게 되니까 이 이불이 더욱 편안하고 따뜻해진 기분마저 들었다. 나는 이불을 코 밑까지 덮고 편안하게 잠을 청했다. 잠이 오지 않는다는 아이들도 있었지만 나는 세상에서 가장 좋은 '그리움의 냄새'를 맡으며 기분 좋게 잠들었다.

바리바리 이불을 챙기고 배정받은 방으로 향하는 후배들의 모습을 보며 이렇게 생생하게 남아있던 기억을 떠올릴 것이라고 생각도 못했다. 이제 나는 내 친구가 말했던 '특유의 냄새'를 조금 알 수 있을 것 같았다. 나는 그 '특유의 냄새'가 이불 냄새라고 생각한다. 집이 아닌 곳에서 기숙사생들은 아무래도 처음에는 힘들어 할 것이다. 그러면서 힘들고 지칠 때 집 생각도 할 것이다. 나 같은 경우에는 막연한 두려움과 처음 느끼는 어색함에 둘러쌓여 있던 내가 더듬거리는 손으로 눈물과 함께 품에 안은 것은 이불이었다. 결국 '특유의 냄새'라는 것은 그리움의 냄새를 말하는 것이 아닐까?

가끔 학교 안에서 점심을 먹고 교실로 돌아가는 길에 지나가는 후배들을 보다가 옆의 친구를 보고 '쟤, 기숙사냐?' 고 묻기도 한다. 보통 이런 내 예상은 적중하는 편이다. 친구는 '어떻게 잘 아냐?'고 묻는다. 당연히 '이불 냄새'가 나기 때문이다.

외계인 지구인

송영은

"...... 이제는 내가 원하는 것이 무엇인지 모르겠다. 지구인들의 구속에서 벗어나 외계인으로 살 것인가. 아니면 지구에서 살기 위해 열심히 지구인들에게 맞춰 살 것인가. 지구인들은 외계인이 말하기 전까지는 외계인인지를 모른다. 지구인인 척하는 외계인들은 지구인의 얼굴을 한 가면을 쓰고 있기 때문이다. 지구인들이 웃을 때면 웃고 있는 가면, 지구인들이 울 때면 울고 있는 가면, 지구인들이 화낼 때는 화난 가면. 내가 지구인으로 살기 위해서는 이 수많은 가면들을 쓰고 평생을 지구에서 지내야한다."

– 본문 중에서

고등학교에 올라와서 친구들 속에서 나는 외계인이 된 것 같다. 지구에 놀러 온 외계인. 평범한 사람들 틈에서 독특한, 눈에 띄는 사람들을 흔히들 화성인이라고 말하곤 한다. 하지만 내가 말하는 외계인은 나와 다른 평범한 지구인이 되어 지구에 살기 위해 열심히 발버둥치는 생명체이다. 외계인은 지구에 놀러 온 이방인 같은 존재이다. 요즘 내가 보는 나는 이런 이방인과 같다.

친구들과 다툼이 있고 싸움이 생기는 것은 학교를 다니는 학생들에게는 흔한 일이다. 그만큼 나에게 친구들과의 다툼은 누구에게나 일어나는 대수롭지 않은 것이었다. 그래서 나는 나와 친한 친구들도 당연히 이런 생각을 가지고 있을 거라 생각했다. 하지만 나는 여기서 외계인 같은 존재였다. 다른 친구들은 그런 사소한 다툼이 무슨 큰일이라도 된 것 마냥 호들갑을 떨었고, 나는 그들 사이에서 나도 모를 이질감을 느끼며 그렇게 서 있었다. 나도 다른 친구들과 같은 지구인일 거라고 생각했지만 시간이 흐를수록 나와 다른 사람들이 너무나 많았다. 외계인이 된 나는 지구인이 되기 위해 열심히 발버둥쳤다.

하지만 요즘은 종종 지구인들로 가득 찬 이곳을 떠나고 싶다. 떠나 나와 같은 외계인을 만날 희망을 품고 있다. 그들은 나를 이해해주고 보듬어 줄 것이라 믿어 의심치 않는다. 그리고 나에게 말할 것이다.

"우리들이 지구인이고 그들이 외계인이다."

바쁘고 힘들고 사소한 것에 매달리는 지구인들 사이에서 나는 숨이 막힐 지경이다. 이런 내 꿈이 허황된 것일까?

외계인이 지구인들에게 발견되면 지구인들의 반응은 다양하다. 먼저 무서워서 피하는 지구인들. 아예 외계인이랑 관련되기가 싫고, 외계인의 피부와 맞닿아 희귀병이라도 옮을까 피해버린다. 우리들과는 다르니까 아예 상종을 하지 말자는 아이들. 그리고 외계인을 천대하는 지구인들이다. 동양에 제일 처음 온 서양인. 동양인들 눈엔 파란 눈, 큰 코를 가진 괴물이었다. 이와 같이 지구인들은 자신들과 다른 외계인을 비아냥거리며 놀려댈 것이다. 하지만 내 주위의 지구인들은 나를 똑같은 지구인으로 만들려고 한다. 자신들과 맞지 않는 외계인에게 지구인같이 먹고 자고 숨 쉬는 법을 가르치려 했다. 하지만 나는 그 생활들이 매우 버거웠다. 나는 외계인처럼 먹고 자고 숨 쉬고 싶은데. 왜 나를 억지로 지구인으로 만들려 하는 것일까. 그래도 어떻게든 지구에서 살기 위해서는 그들과 똑같이 생각하고 말을 해야 했다.

"나는 외계인이 아니라 지구인이다."

이제는 내가 원하는 것이 무엇인지 모르겠다. 지구인들의 구속에서 벗어나 외계인으로 살 것인가. 아니면 지구에서 살기 위해 열심히 지구인들에게 맞춰 살 것인가. 지구인들은 외계인이 말하기 전까지는 외계인인지를 모른다. 지구인인 척하는 외계인들은 지구인의 얼굴을 한 가면을 쓰고 있기 때문이다. 지구인들이 웃을 때면 웃고 있는 가면, 지구인들이 울 때면 울고 있는 가면, 지구인들이 화낼 때는 화난 가면. 내가 지구인으로 살기 위해서는 이 수많은 가면들을 쓰고 평생을 지구에서 지내야 한다. 그렇다고 우리 별에 남아 외계인으로 계속 살기에는 너무나 많은 외계인들이 지구인들과 섞이고 싶어 한다. 하지만 나는 지구인들을 외계인으로 바꾸는 상상을 하고 있다. 지구인들을 우리 별로 데려와 그들이 했던 것처럼 외계인처럼 걷는 법, 먹는 법, 숨 쉬는 법을 그들에게 가르치는 것이다. 이것은 꽤 흥미로운 일이다. 하지만 우리에 비해 지구인들은 강력했다. 좀처럼 우리에게 오지 않았고, 자신들과 다른 외계인을 늘 이상하게 본다.

"넌 대체 왜 우리랑 다른 거야? 어째서?"

나는 아직도 생각한다. 지구를 버리고 우리 별로 떠날지, 아니면 끝까지 지구에 남아 지구인인 척 생활할지. 우리 주변에서 흔히 일어나는 학교 폭력을 당하는 아이도 이와 같은 외계인이 아닐까? 지구인들과 섞이고 싶다가 천대받는 외계인. 지구인과 외계인. 그들은 아무 고통 없이 같이 생활할 수 있을까?

불면증에 걸린 물고기

서하영

"...... 책상 앞에 앉은 나는 공부할 것이 태산같이 쌓여있지만 밀려오는 피곤함과 졸음으로 눈을 감는다. 눈을 뜨면 하늘에 구름이 떠가듯 학교로 간다. 밤 10시까지 야간자습 하는 게 내 생활의 전부이다. 무기력하다. 이런 현실에 아무런 저항도 하지 못한 채 굴복해야 하는 게 짜증난다."

- 본문 중에서

지금은 새벽 3시. 주위에 모든 생명들이 어둠이라는 이불을 덮고 고요히 잠들어 있는 시간이다. 나는 창문을 통해 도로 위의 무법자인 자동차의 수를 센다. 이 시간에 머리를 굴리지 않고 할 수 있는 일들 중 하나이다. 그러나 가끔씩 의문의 교통사고가 나지 않을까 하는 생각으로 마음을 졸이기도 한다. 이런 경험을 하게 해주는 배후세력, 불면증. 골치 아픈 녀석이다. 친구들에게 불면증이라서 잠을 못 잔다고 하면 "그럼 밤늦게까지 공부하는 거야?"고 묻는다. 딱히 그런 것은 아니라 씁쓸하게 웃고 만다. 중학교 땐 밤 12시만 되면 눈꺼풀이 무거워 불면증에 걸리고 싶을 정도였는데 말이다.

쳇바퀴처럼 돌아가는 우리의 일상과 미로의 입구에 서 있는 어린아이에겐 차이가 있다. 늘 제자리를 맴돌아 똑같은 결과물을 얻는 우리와는 달리 어린아이는 요리조리 자신이 원하는 세계를 갈망할 수 있다. 21세기 교육 정책에서는 후자를 원한다. 솔직히 쳇바퀴 인생은 재미없다. 그래서 우리들은 어떻게든 미로 인생을 한번 살아보기 위해 열심히 능력을 키운다. 요즘 아이들은 유치원 때부터 영어학원을 다니거나 논술, 악기교실 등 힘차게 돌려진다.

이명박 대통령이 국민들에게 "사교육을 받지 않고도 대학에 갈 수 있도록 하겠다"고 말했을 땐 난 코웃음을 쳤다. 과연 쉽게 될까 하면서 말이다. 그만큼 나는 우리나라 교육 정책을 인정하고 있지 않다. 요즘은 입학사정관제라는 새로운 단어가 우리를 유혹한다. 학교에서는 이것을 통해 대학에 입학한 사람들을 예시로 들면서 자기가 하고 싶은 일을 위해 열심히 준비하면 대학에 갈 수 있다고 말한다. 이 말은 누구나 솔깃하는 말이다. 그래서 어리석은 물고기가 된 우리들은 교육정책자들이 던져놓은 낚싯줄을 냉큼 물고 만다.

그러나 그 낚싯줄을 무는 것에도 현실적으로 많은 장애물이 있다. 우선 다양하고 남들과 다른 조건을 갖추어야 하고, 그 활동들을 기록으로 잘 남겨야 한다. 기록을 남기는 일도 막막하다. 자신의 특기를 보여 주기 위해 학원을 전전하면서 사교육을 받아야 하고 자기 소개서에 한 줄 더 적기 위해 봉사활동을 한다. 또 학교에서 제대로 작문을 해본 적이 없어서 논술 대비를 위해 학원으로 향한다. 다만 초등학교 시절 때 '참 잘했어요' 도장만 꾹꾹 찍힌 일기장이 작문 연습이라면 연습인 것이다. 이렇게 사회는 은근슬쩍 사교육을 강요하고 있다.

우리들은 끊임없이 돌아가는 기계가 아니다. 이 많은 것을 어떻게 다 해낼 수 있단 말인가. 이것이 자연스레 이루어지는 일이 아닌 이상 대부분이 자신을 더 화려하게 포장하려는 수단일 뿐 그 이상은 아니다. 이런 현실이 너무나 가식적이다. 우리를 위한답시고 만들어 놓은 정책에 우리는 또 한번 허우적거려야 한다. 교육정책 담당자들과 정부는 청소년에게 현실적인 길을 내줘야 한다. 진정으로 교육적 일이라면 학교 내에서 학생 스스로의 노력으로 충분히 이루어져야 한다. 지금 이 글을 쓰는 이 순간에도 가슴이 답답하고 한숨만 나온다.

책상 앞에 앉은 나는 공부할 것이 태산같이 쌓여있지만 밀려오는 피곤함과 졸음으로 눈을 감는다. 눈을 뜨면 하늘에 구름이 떠가듯 학교로 간다. 밤 10시까지 야간자습하는 게 내 생활의 전부이다. 무기력하다. 이런 현실에 아무런 저항도 하지 못한 채 굴복해야 하는 게 짜증난다.

한참 글을 쓰다 보니 눈이 따끔거려서 시계를 보았다. 벌써 시계바늘이 5시를 넘기고 있다. 창문 너머로 세상이 희미해짐을 느낀다. 아침이라는 신호다. 약간은 눅눅한 공기가 내 코끝에 닿았다. 이제 불면증에 걸린 물고기가 서서히 깨어날 시간이다.

4부 . 0과 1로 만든 마약

- 일상, 사회, 현실

내가 만난 시장(市場)의 모습

전은영

"……비록 편리하지만 소통의 매력이 없는 현대사회가 딱딱해진 것은 분명하다. 인간이란 人(사람), 間(사이), 즉, '사람들 사이'라는 뜻이다. 다른 말로 하면 '인간이란 그들 사이에서 진정한 인간의 뜻을 지닌다.'가 아닐까? 시장은 마음의 소통, 그 이상의 의미를 가진다. 사람들이 아직까지 시장을 찾아오는 이유는 무엇일까? 여태까지 전통적인 시장이 살아있는 것은 왜일까?……"

– 본문 중에서

우리 집 근처에 '아랫시장'이라는-경주에서 꽤나 큰- 장이 하나 있다. 그리고 경주 시내버스가 대부분 이 곳을 지나가게 되어있다. 그래서 버스를 자주 이용하는 나에게 익숙한 장소이기도 하다. 장날마다 북적거리는 시장에서 버스가 정체될 때면 버스의 승객들이 짜증을 내기도 하지만, 오히려 나는 지루한 그 시간 동안 활기찬 시장을 볼 수 있어서 좋다. 그래서 가끔 일찍 학교를 마치는 날이면 일부러 걸어서 하교하기도 한다.

수많은 인파 사이를 지나가며 사람 구경을 하는 것은 매우 흥미로운 일이다. 장을 본 물건들을 봉지 가득 담아 들고 가는 사람, 자신이 직접 재배한 채소를 파는 사람, 군것질거리에 몰려있는 어린 아이들. 또 한 가지 인상적인 것은 버스 정류장에 가득 앉아있는 할머니들이다. 그들은 저마다 커다란 짐 보따리를 가득 들고 계신다. 그들이 수다스럽게 나누는 친근한 사투리의 대화들은 시장에 활기를 더해주곤 한다.

시장- 하면 생각나는 것이 여러 가지 있는데, 그 중에 하나가 수많은 먹을거리와 물건들이다. 어렸을 때 과자 가게 앞을 지나가면 아주머니께서 공짜로 주시는 과자를 받아들고 기뻐했던 기억이 난다. 지금은 편의점에서 '추억의 과자'라고 팔리고 있는 것들이다. 또 떠오르는 것은 바구니 안에 바글바글하게 담겨있었던 미꾸라지. 지금은 추어탕이든 뭐든 잘 먹지만 어릴 때는 그 꿈틀거리는 생명체가 무서웠다.

'아랫시장'보다 위쪽에는 말 그대로 '윗시장'이라는 또 다른 시장이 있는데, 그 곳은 새벽시장으로 더 잘 알려져 있다. 달이 지지 않은 이른 새벽, 많은 사람들이 바쁘게 움직였다. 엄마를 따라 졸린 눈을 겨우 뜨고 만난 새벽시장은 진정한 삶의 모습을 보여주고 있었다. 많은 장사꾼들과, 싱싱한 식재료를 사기 위해 나온 사람들로 낮 시장 못지않게 쾌활한 모습이 내 머릿속에 생생하게 남아있다.

허나 이제는 시장의 규모도 내가 기억하는 옛날 시장보다는 많이 작아졌다. 줄어든 것은 단지 시장의 크기뿐만 아니라 사람들의 인심이기도 하다. 요즘 주변에서 많이 찾아볼 수 있는 대형 할인점, 마트, 백화점에서는 만날 수 없는 것 말이다. 덤으로 듬뿍듬뿍 쌓아주던 아주머니의 손길. 가격으로 실랑이를 벌이는 생선 가게 아저씨와 아줌마. 그러나 언제부터인가 시장 근처에 가게들이 즐비하게 늘어서면서 장사 텃세가 늘어나고 진정한 시장의 모습은 조금씩 사라져 가고 있다.

비록 편리하지만 소통의 매력이 없는 현대사회가 딱딱해진 것은 분명하다. 인간이란 人(사람), 間(사이), 즉, '사람들 사이'라는 뜻이다. 다른 말로 하면 '인간이란 그들 사이에서 진정한 인간의 뜻을 지닌다.'가 아닐까? 시장은 마음의 소통, 그 이상의 의미를 가진다. 사람들이 아직까지 시장을 찾아오는 이유는 무엇일까? 여태까지 전통적인 시장이 살아 있는 것을 왜일까? 물론 싼 가격에 구입하려는 생각도 있겠지만, 그것 말고도 또 다른 이유가 있다고 본다. 그들은 무엇보다 우리가 잃어버린 옛 정을 그리워하고 있는 것은 아닐까?

책임을 삭제하시겠습니까?

윤소예

"...... 나는 페이스북, 트위터와 같은 SNS를 썩 좋아하지 않는다. 물론 SNS의 등장으로 기존의 언론의 힘이 약해진 만큼 대중의 알 권리와 영향력이 커졌다든가, 소통의 장이 커진 긍정적인 면을 안다. 그러나 그에 따라야 할 책임감을 지니지 못한 사람들에 눈살이 찌푸려질 때면 그들이 그런 것들을 누릴 권리가 있나 싶다."

- 본문 중에서

지난 달 어느 방송사에서 방영된 매머드 복원에 도전한다는 다큐멘터리에 관한 기사 헤드라인에 실린 한 박사의 이름을 보았을 때, 지나간 한 편의 기억이 다시금 떠올랐다. 초등학교 3학년 겨울방학, 인터넷을 하다 결국 속상해서 컴퓨터를 꺼버리고 어머니께 가서, 어딜 봐도 다들 MBC를 욕한다며, 도대체 왜들 이러냐고 물었다. 그때 모니터에서 보았던 이름조차 알 수 없는 사람들의 욕 섞인 비난을 나는 잊을 수가 없다. MBC에 근무하시는 아버지가 계신 나는 어린 마음에 그 비난들이 우리 아버지를 향한 것만 같았다.

알고 보니 정확하게 그것들은 인간 배아줄기세포 배양에 성공해 세계적인 과학 잡지의 표지를 장식한 박사의 연구에 의문을 제기한 'PD수첩'이라는 프로그램을 향한 것이었다. 그 일로 프로그램은 폐지까지 되었지만, 시간이 조금 지나서 방송 내용은 사실이었음이 밝혀졌다. 하지만 다시 인터넷을 켰을 때, 비난을 퍼붓던 사람들의 사과는 단 하나도 보지 못했다. 하루 만에 돌아선 사람들의, 박사를 향한 비난과 그를 옹호하는 사람들의 대립만이 눈에 띌 뿐이었다.

'냄비 근성'이라는 말은 때때로 한국인의 특징으로 거론되고, 온라인상의 '익명성'은 악성 댓글로 인한 연예인 자살과 같은 일이 생길 때마다 큰 문제로 떠오른다. 이 둘의 근본적인 원인은 개개인의 '책임감' 부재에 있다고 본다. 이슈가 떠오르고 다수의 여론이 한곳에 몰릴 때, 일부 사람들은 다들 그러니까 하는 가벼운 맘으로 쉽게 말을 내뱉지 않나 하는 생각이 든다. 인터넷에서의 익명성은 그에 불을 붙인다. 후에 그 여론이 문제가 됐을 때 그것에 편승했던 사람들의 수가 많았던 만큼, 스스로가 드러나지 않았던 만큼, 책임을 미루고 시치미 떼는 일은 쉬워질 것이다. 허나 그에 상처 받은 사람들 역시 보이지 않는 곳에까지 있는 법이다. 8년이 지난 지금까지도 내가 한 박사의 일을 잊지 못하는 것처럼 말이다.

그 영향의 일부인지 나는 페이스북, 트위터와 같은 SNS를 썩 좋아하지 않는다. 물론 SNS의 등장으로 기존의 언론의 힘이 약해진 만큼 대중의 알 권리와 영향력이 커졌다든가, 소통의 장이 커진 긍정적인 면을 안다. 그러나 그에 따라야 할 책임감을 지니지 못한 사람들에 눈살이 찌푸려질 때면 그들이 그런 것들을 누릴 권리가 있나 싶다. 떠도는 이야기가 흥미롭기만 하다면 생각 없이 주변에 공유하고, 때로는 자신의 의견과 맞지 않는 자에게 비난의 '멘션'을 서슴지 않고 보내는 사람들 말이다.

더불어 SNS를 통해 사회적으로 예민할 수 있는 이슈에 대해 자신의 의견을 피력하는 유명 인사들이 과연 그에 대한 책임을 진지하게 고민 해보았는가에 대한 의문 역시 가끔 든다. Social Network(사회 연결망)이기에 세상에 자신의 생각을 전하고 마음이 맞는 사람들을 모으는 것은 하나의 목적이요 자유겠지만, 그들이 언급한 내용이 아직 뜻이 제대로 확립되지 않았거나 의견이 다른 사람들에게 닿아 끼치게 될 영향력을 생각해 봐야지 않을까. '팔로워'의 수가 많을수록, 글의 '좋아요' 수가 늘어날수록, 따르는 책임감 또한 커짐을 기억하고 있었으면 한다.

어떠한 글이 문제가 되어 알아보려 했을 땐 이미 삭제-계정이나 아이디까지도-돼 있었단 류의 이야기는 최근 뉴스에서도 자주 접할 수 있다. 이는 분명히 책임을 회피하는 행동이다. 간접적으로 알게 된 것이든 직접적으로 겪은 것이든 주변에는 항상 크고 작은 많은 일들이 일어나고 있다. 그것들에 대해 사람들이 어떻게 반응하느냐를 살피기보다 앞서 스스로의 생각과 판단을 먼저 깊이 해보려 노력한다면, 그러기 위해 어떠한 일에 대한 정황과 이유를 알아보고 따져본다면, 타인에게 자신의 의견을 제시했을 때 따라올 책임감은 자연스레 짐작할 수 있지 않을까? 시간이 흘러 언젠가 나 역시 SNS 계정을 만들게 되는 날이 온다면, 말을 꺼내기에 앞서 충분히 생각해보는 조심성과 판단력, 나와 다른 이들의 의견을 수용할 수 있는 자세와 그 끝에 책임을 질 능력을 갖고 있는 때이길 바란다.

Money Is Everything?

최한샘

"…… 현재 우리 사회의 천민자본주의 역시 사회적으로 학벌, 외모 등이 중요시 여겨지고 있는 상황에서 돈만이 이를 충족시켜 줄 수 있기 때문에 나타나는 현상일 것이다. 그러나 이것은 달리 말해 사람들이 사회적인 욕구에 끌려다닌다는 이야기도 된다. 특히나 우리나라를 비롯한 동양 문화권 국가들은 서양보다 집단에 소속되기를 원하며 그 안에서 인정받고자 하는 경향이 강하다. 이러한 경향 때문에 사회적 욕구에 대해 사람들이 맹목적으로 추구하게 되지 않았을까."

– 본문 중에서

여기, 가난한 농부인 A 씨가 있다. 그는 그럴듯한 학벌도, 잘 생긴 외모도 가지지 못했다. 단지 조상 대대로 내려오는 땅을 경작하며 겨우 살아가고 있다. 그러던 어느 날, 정부가 재개발 정책에 따라 A 씨의 땅을 비싼 값에 사들이기로 한다. 덕분에 A 씨는 일약 부자가 된다. 돈을 가지게 된 A 씨는 다른 부자들에 비해 자신의 모습이 초라하다고 느낀다. 이후 A 씨는 남들이 부러워할 만한 넓은 집과 외세 차, 명품을 산다. 또 자신의 학벌을 위조하고 자식들을 좋은 집안과 결혼시킨다. 또, 엄청난 돈을 들여 성형도 한다. A 씨는 바뀐 자신의 모습에 만족하며 사람들을 점차 돈으로 보기 시작한다.

'천민자본주의'라는 말이 있다. 이것은 건전한 자본주의 문화를 만들어내지 못하고 퇴폐적인 자본주의 문화를 만드는 사회, 문화적 현상을 나타내는 말로 사회학자 막스 베버가 처음 사용한 용어이다. 여기서 퇴폐적인 자본주의 문화란 오직 돈만을 추구하고 돈으로는 무엇이든 할 수 있다는 생각에서 나온 것이다.

앞에 나왔던 A 씨를 보자. 소박한 농부였던 A 씨는 엄청난 양의 돈을 가지게 된 후 물질적인 것뿐만 아니라 외모나 학벌 등 모든 욕구를 돈으로 해결하고자 한다. 이는 A 씨만의 이야기가 아니다. 2년 전 어느 재벌 2세가 한 노동자를 구타하고 '맷값'으로 2천만 원을 준 사건이 있었다. 지금 우리 사회는 돈으로 뭐든 할 수 있다는 풍조가 만연한 시대이다.

과연 언제부터 우리 사회는 이러한 천민자본주의를 띠게 되었을까? 일반적으로 근대 이후 자본주의 체제를 택하면서부터라고 말하지만, 역사책에서 쉽게 볼 수 있는 매관매직이나 조선 후기의 공명첩을 통한 신분상승 등을 보면 오래전부터 금전적인 것으로 모든 것을 해결하고자 하는 경향이 있었다. 이런 모습을 보아 천민자본주의는 단순히 자본주의라는 테두리에 국한되지 않는 양상인 듯하다.

그렇다면 왜 사람들은 돈으로 문제를 해결하고자 하였을까? 아마도 돈만이 유일한 해결책이기 때문이다. 과거 신분제 사회에서 하층민들은 아무리 능력이 출중하더라도 그것을 발휘할 기회조차 얻을 수 없었다. 그러다 보니 자연스레 돈에 기대어 그 욕구를 풀고자 했을 것이다. 사회에 속해 있는 한, 돈은 어디서든 필요로 하였기 때문에 신분제로 인한 불평등도 돈을 통해 어느 정도 해소할 수 있었으리라.

현재 우리 사회의 천민자본주의 역시 사회적으로 학벌, 외모 등이 중요시 여겨지고 있는 상황에서 돈만이 이를 충족시켜 줄 수 있기 때문에 나타나는 현상일 것이다. 그러나 이것은 달리 말해 사람들이 사회적인 욕구에 끌려다닌다는 이야기도 된다. 특히나 우리나라를 비롯한 동양 문화권 국가들은 서양보다 집단에 소속되기를 원하며 그 안에서 인정받고자 하는 경향이 강하다. 이러한 경향 때문에 사회적 욕구에 대해 사람들이 맹목적으로 추구하게 되지 않았을까.

한편으로 미디어에서 이러한 사회적 욕구를 부추기는 것도 있다. 드라마나 예능을 보면 부유하고 잘생긴 사람들을 자주 볼 수 있는데 이를 통해 대중들이 그것들을 동경하게 한다. 이는 기득권 세력이 자신들의 지위를 유지하고 영향력을 확대하기 위한 수단이기도 하다.

그렇다면 이러한 상황에서 벗어나기 위해 우리는, 그리고 사회는 어떻게 해야 할까. 일단 사회적 측면에서 계층 간의 불평등을 해결하는 것이 하나의 방편일 수 있다. 서양의 경우, 과거 우리와 같은 천민자본주의를 띠었지만, 복지 제도를 통해 빈부 격차를 줄이고 모든 국민이 일정 수준의 생활을 영위할 수 있도록 하여 합리적인 자본주의를 발전시켜 나가고 있다. 이처럼 어느 정도 삶이 보장된다면 사람들도 굳이 더 많은 돈을 얻고자 아등바등하지 않고 삶의 질과 행복에 보다 관심을 기울일 수 있을 것이다. 따라서 우리도 복지 확대를 통해 국민의 인간다운 삶을 보장한다면 지금보다 훨씬 인간적인 사회가 될 수 있을 것이다.

그러나 이보다 더 중요한 것은 바로 우리의 마음가짐이다. 스스로 자신만의 신념을 지니고 그에 따라 살아간다면 사회는 조금씩 변화할 수 있을 것이다. 물론 이것은 매우 이상적인 이야기일지 모른다. 하지만 한 사람 한 사람의 변화가 더 큰 변화를 이끌어내고 결국엔 이 사회를 바꾸어 나갈 수 있지 않을까. 나 스스로 그런 삶을 추구하며 살 수 있기를 바라며 내일의 변화를 꿈꾸어 본다.

0과 1로 만든 마약

이해인

"...... 전자기기는 이진법을 사용한다. 즉, 0과 1만을 사용한다는 소리다. 0과 1이 아닌 섬세한 감정을 지닌 인간들은 왜 스스로를 0과 1로 만들어진 세계에 가두려고 할까. 하지만 나 역시 그 세계에 중독되어 버린 현대인들 중 한 사람이다. 자리에 앉으면 스마트폰부터 꺼내어 만지작거리며, 인터넷에 접속하여 익명성을 이용한 악플도 다는. 나 역시도 그런 0과 1에 갇힌 현대인이다."

- 본문 중에서

오늘 아침도 마찬가지. 어머니가 야단을 치신다. "또, 또 휴대폰만 만지고 있네. 어휴 저 놈의 스마트폰 대문에 애들 다 망친다니까." 매일 어머니께 듣는 소리지만 절대 스마트폰을 손에서 놓을 수가 없다. 어쩌다가 이렇게 스마트폰에 중독되어 버린 걸까.

지난 몇 년 동안 정보 통신 기술은 빠른 속도로 성장해 왔고, 그 결과 지금의 사회는 초등학생에서부터 노인들까지도 전자 기기를 사용하는 데에 매우 익숙하다. 십여 년 전만 해도 상상도 할 수 없었던 일이었다. 신제품이 출시되자마자 다른 제품이 출시되는 무서운 변화의 속도에도 현대인들은 스마트한 세상을 잘 살아가고 있다.

예부터 식탁은 가족들이 화목하게 정을 쌓을 수 있는 공간이었다. 하지만 요즘의 식탁의 모습은 많이 변했다. 친구와 스마트폰 메신저를 통해 대화하는 딸, 태블릿 PC를 가지고 게임하는 아들, 직장동료에게 스마트폰으로 전자우편을 보내는 아버지. 이런 모습은 비단 한 가정의 모습이 아니라 대부분의 가정에서 나타나는 현상이라고 한다. 가족들은 한 공간에 있음에도 눈을 마주치지 않고, 말 한마디도 하지 않는다. 놀라운 것은 사람들이 스마트 기기만 만지작거리고 있는 모습은 가정에서만 볼 수 있는 것이 아니라 어디에서든 볼 수 있다는 것이다.

스마트한 세상이 불러온 문제점은 사람들 사이의 단절뿐만이 아니다. '악플[惡 reply] : 다른 사람이 올린 글에 대하여 비방하거나 험담하는 내용을 담아 올린 댓글.' 포털 사이트에 악플의 뜻을 검색하면 뜨는 결과이다. PC의 보급이 확대됨에 따라 인터넷도 빠르게 발전했다. 인터넷의 발전은 현대인에게 많은 이점을 가지고 왔지만 그에 따른 문제점도 많았고 그 중 하나가 '악플' 문화이다. 대다수의 연예인, 그리고 유명인들은 악플로 인해 심리적인 고통을 받는다고 한다. 그들 가운데에는 악플로 인해 스스로 목숨을 끊은 사람들도 있다. 어떻게 사람들은 키보드를 두드린 것만으로 한 사람을 죽음에 이르게 하는 것일까. 그것은 아마 익명성 때문일 것이다. 악플 이외에도 익명성을 이용한 사이버 범죄는 심각한 사회문제로 대두되고 있다.

사람들은 하루 종일 스마트 기기를 손에서 놓지 않는 것, 키보드 뒤에 숨어 다른 사람을 무자비하게 공격하는 것이 잘못된 일임을 이미 알고 있다. 하지만 쉽게 그만두지 못한다. 마치 마약과도 같이, 한 번 하면 시간 가는 줄 모르게 하게 되고, 한번 해 보면 두 번 하는 것은 쉬워진다. 맞다. 우리는 마약에 중독되었다.

전자기기는 이진법을 사용한다. 즉, 0과 1만을 사용한다는 소리다. 0과 1이 아닌 섬세한 감정을 지닌 인간들은 왜 스스로를 0과 1로 만들어진 세계에 가두려고 할까. 하지만 나 역시 그 세계에 중독되어버린 현대인들 중 한 사람이다. 자리에 앉으면 스마트폰부터 꺼내어 만지작거리며, 인터넷에 접속하여 익명성을 이용한 악플도 다는. 나 역시도 그런 0과 1에 갇힌 현대인이다. 한 아이돌 그룹의 노래가사 중에 이런 구절이 있다. '우린 더 이상 눈을 마주 하지 않을까. 소통하지 않을까. 사랑하지 않을까… 0과 1로 만든 디지털에 내 인격을 맡겨' 처음 이 노래를 듣는 순간 나는 이 노랫말이 지금의 우리의 모습을 비판하고 있다는 것을 깨달았다.

과유불급(過猶不及). 우리는 이 한자성어의 뜻을 안다. 발전한 과학기술을 느껴보는 것도 좋지만 우리는 인간이다. 적당히 누릴 줄도 알아야 한다. '사람 사이'라는 인간(人間)의 뜻에 맞게 인간은 인간답게 살아가야 한다. 0과 1로 만들어진 마약에서 벗어나야 한다. 서로 눈을 마주보며 소통하고 교감하는 그런 '인간' 세상을 만들 때가 왔다.

개성의 아름다움

이은경

"...... 새로운 사람을 만날 때, 그 사람의 첫인상을 외모로 평가하는 것은 당연하다. 그러나 시간이 지나면 그 사람의 인격, 인성이 어떠냐에 따라 그 사람의 평가는 충분히 달라질 수 있다. 그러므로 중요한 것은 자신의 외면의 모습이 아니라 내면의 모습이다. 외면보다 자신의 내면을 더 아름답게 만들려고 노력해야 한다. 내면이 아름다운 사람이 진정한 미인이다."

- 본문 중에서

최근에 인터넷에서 한 장의 사진이 논란이 되었다. 그 사진은 바로 2013 미스코리아 후보들의 얼굴이 모두 담긴 사진이었다. 후보들의 얼굴은 쌍둥이라고 해도 될 정도로 비슷했다. 이로 인해 후보들 모두 성형수술을 한 것이 아니냐는 논란이 일었다. 이 사진은 외국 언론에도 소개되었다. 외국 언론과 네티즌들은 "한국 미스코리아 참가진의 사진을 모아놓고 보니 소름끼친다. 다 똑같이 생겼다. 이건 클론(복제인간)이냐."라고 말했다. 우리나라가 성형 대국으로 알려져 있는 것은 사실이다. 우리나라가 인구 대비 성형수술의 횟수가 가장 많은 나라로 뽑히기도 했다. 이것은 우리나라 사람들이 얼마나 성형수술을 많이 하는지 알게 해준다. 우리나라에서는 남녀노소 누구든지 성형수술을 한다. 우리나라 사람들은 왜 그렇게 성형수술을 많이 하는 것일까?

가장 큰 이유는 외모의 기준이 서양인이 되어버린 것이라고 생각한다. 동양인과 서양인의 생김새는 확연히 다르다. 대부분의 동양인들의 피부색은 황색이고, 눈은 째졌고, 볼륨감이 있는 몸매가 아니다. 그 반면에 대부분의 서양인들의 피부색은 흰색이고, 쌍꺼풀 짙은 눈을 가졌고, 볼륨감이 있는 몸매이다. 우리나라 사람들의 대부분은 서양인 같은 외모를 가진 사람을 아름다운 사람이라고 인식하는 경향이 있다. 그렇기 때문에 서양인과 같은 외모를 가지려고 성형수술을 많이 한다.

또 다른 이유는 텔레비전에 나오는 연예인들의 영향이다. 텔레비전에 나오는 연예인들은 하나같이 예쁘고, 잘생기고, 날씬하다. 텔레비전에 나오는 그들과 자신을 비교하면서 '나는 왜 이렇게 못생겼지?'라고 생각한다. 그로 인해 외모에 콤플렉스를 가지게 되고, 그것 때문에 스트레스를 받기도 한다. 그래서 외모에 자신감을 찾기 위해서 성형 수술을 결심한다.

성형수술 그 자체가 나쁘다라고만 말할 수는 없다. 성형수술에 능동적인 태도를 가진 사람은 성형수술을 하고 난 뒤에 외모에 대해 자신감을 가지게 되고, 자신의 삶을 더 주체적이고 능동적으로 살아갈 수 있을 것이다. 그러나 성형수술에 수동적인 태도를 가진 사람은 성형수술에 중독되고 말 것이다. 대부분의 사람들은 어느 한 곳을 성형수술을 하면 또 다른 곳도 성형수술을 하고 싶어하는 마음이 생긴다. 그래서 결국 성형수술에 중독되어 버린다.

성형수술을 하면 외모가 아름다워지고 외모에 대한 자신감을 가질 수 있다. 하지만 성형수술을 하고 난 뒤에 나의 외면의 모습만큼이나 나의 내면의 모습이 아름다워 질까? 새로운 사람을 만날 때, 그 사람의 첫인상을 외모로 평가하는 것은 당연하다. 그러나 시간이 지나면 그 사람의 인격, 인성이 어떠냐에 따라 그 사람의 평가는 충분히 달라질 수 있다. 그러므로 중요한 것은 자신의 외면의 모습이 아니라 내면의 모습이다. 외면보다 자신의 내면을 더 아름답게 만들려고 노력해야 한다. 내면이 아름다운 사람이 진정한 미인이다.

그러나 살아가다 보면 한 번 쯤은 성형을 하고 싶다는 마음이 생길 수 있다. 그런 때에 나는 개성이 있는 사람이 될 것인지 남들과 같은 사람이 될 것인지 한 번 생각해 볼 필요가 있다. 나의 외모가 어떻게 생겼든지 그것도 나의 개성의 일부이다. 나의 개성을 바꾸려고만 하지 말고 나만의 개성을 가질 수 있도록 노력해야 한다. 나에겐 남들에게는 없는 나만의 아름다움이 있다. 그 아름다움을 하루 빨리 알아차리고 자신만의 아름다움을 가꾸어 나가야 한다. 자신만의 개성을 가진 사람이 진정한 이 시대의 미인이라고 생각한다.

사람마다 아름다움에 대한 생각은 다를 것이다. 어떤 사람은 화려한 것을 아름답다고 여기고, 어떤 사람은 소박한 것이 아름답다고 여길 수 있다. 그러나 변하지 않은 채로 자신의 본래의 모습을 간직하고 있는 것이 진정한 아름다움이 아닐까?

천 원의 행복

최하림

"...... 아무리 많은 사람들이 김선자 할머니께서 천원식당을 운영하시는 취지를 듣고 감동해서 기부를 한다고는 해도, 사실상 가게를 운영하기에는 버겁기도 했을 것이다. 그래도 사진 속의 할머니는 항상 웃는 얼굴이셨고, 긍정 마인드가 사진을 뚫고 나올 정도였다. 따지고 보면 거의 소득도 없고 몸만 힘든 그런 일인데 항상 따뜻하게 백반을 차려주시는 모습이 정말 감동이었다."

– 본문 중에서

요즘 사람들은 돈이 많건 적건 간에 함부로, 많이 쓴다는 생각이 든다. 좀 더 이뻐지고 싶으면 얼굴에 돈을 쓰고, 사고 싶은 옷이나 가방이 있으면 또 거기에 돈을 쏟아 붓고. 그래서 가면 갈수록 돈이 있는 사람들은 더 펑펑 쓰게 되고, 돈이 없는 사람들은 점점 더 힘든 생활을 계속해 나간다. '저렇게 돈을 막 쓰면 나중에 어떡하려고 그러나' 하며 생각하는 나도 가끔 시내에 놀러가면 눈 깜짝할 사이에 지갑 속의 돈이 거의 바닥을 보일 때도 있고, 얼마 쓰지도 않았는데도 물가가 너무 올라서 조금만 써도 돈이 금방 없어질 때도 많다. 그래서 어렸을 때 생각을 하면, 천 원만 가지고 나가도 하루 종일 재밌게 놀 수 있었던 시절이 생각나기도 한다.

옛날에 천 원이면 참 많은 일들을 할 수 있었다. 초등학생이었던 나는 천 원으로 버스 두 번을 탈 수 있었고, 과자 두 개는 사먹을 수 있었다. 학교 앞 문방구점에서 불량식품을 한가득 사서 친구들이랑 나눠 먹을 수도 있었고, 봉봉도 한 시간 동안 신나게 탈 수 있었다. 하지만 요즘은 어떤가. 몇 년 전과는 달리, 물가가 참 많이도 올랐다. 슈퍼에 가서 웬만한 과자를 사도 천 원이 훌쩍 넘을뿐더러 그 속이 꽉 차 있지도 않다. 천 원으로 많은 걸 할 수 있던 시절은 더 이상 없다.

그런데 얼마 전, 아주 특이한 곳을 발견했다. 평소와 같이 학교를 마치고 집에 가서 페이스북을 하며 시간을 보내고 있었는데, 어떤 사람이 '궁금한 이야기 Y'에서 방송된 천원식당이라는 곳을 소개한 글을 보게 된 것이다. 천원식당이라면 천 원만 받고 음식을 팔 텐데 그러면 장사를 어떻게 하나 하며 그곳의 사연을 더 찾아보았는데, 많은 생각을 하게 해주는 곳이었다.

광주 대인시장에 위치한 천원식당, 그곳은 김선자 할머니께서 운영하시는 곳이었다. 메뉴는 딱 한가지였다. 따뜻한 밥과 여러 가지 반찬, 그리고 된장국이 있는 백반. 가격 또한 단돈 천 원이었다. 주로 찾는 손님은 많은 돈을 내고 밥 한 끼를 먹기엔 형편이 어려운 가난한 학생이나 일용직 노동자, 독거노인분들이었다. 그렇다고 김선자 할머니가 돈이 정말 많은 재벌이라서 이렇게 천 원이라는 싼 값에 장사를 하는 건 아니었다. 할머니께서는 옛날에 사업에 실패한 경험이 있는데 쌀 없다는 말을 하지 못해서 굶기도 하셨다. 그래서 세상에는 이렇게 밥 한 끼를 자존심 상해서 먹지 못하는 사람도 있구나 하고 생각하며 그때부터 시작한 게 바로 천원식당이라고 하셨다. 돈을 못 벌어서 힘들어하는 사람들이 정말 많은데 요즘 시대에 천 원만 받고 사람들에게 백반을 팔기엔 힘들게 보이기도 하지만, 알게 모르게 많은 사람들이 쌀이나 돈을 기부를 해서 가게를 운영할 수 있었다고 한다.

비록 방송을 직접 본 게 아니라, 페이스북을 통해 사진으로 간단하게 본 것이 시작이 돼서, 천원식당에 대한 블로그와 기사를 다 찾아보았고, 내가 그동안 하고 있던 생각들을 조금은 바로 고치게 된 계기가 되었다. 나중에 난 내가 하는 일이 무엇이든 간에 사람들을 도와주는 일을 했으면 좋겠다고 바라던 나였는데, 천원식당의 이야기를 알게 되고 나서는 나 스스로를 다시 생각해 보게 되었다. 아무리 많은 사람들이 김선자 할머니께서 천원식당을 운영하시는 취지를 듣고 감동해서 기부를 한다고는 해도, 사실상 가게를 운영하기에는 버겁기도 했을 것이다. 그래도 사진 속의 할머니는 항상 웃는 얼굴이셨고, 긍정 마인드가 사진을 뚫고 나올 정도였다.

따지고 보면 거의 소득도 없고 몸만 힘든 그런 일인데 항상 따뜻하게 백반을 차려주시는 모습이 정말 감동이었다. 밥은 따뜻한 밥을 먹어야 밖에 나가서도 든든하게 잘 생활할 수 있지, 하시던 어른들의 말씀을 종종 듣곤 했다. 김선자 할머니도 어른들처럼 천원식당을 찾는 손님들에게 그 마음이 전해지길 바라며 따뜻한 백반을 단돈 천 원에 내어주셨는지도 모른다. 적은 돈이라도, 그 돈이 천 원밖에 안 되더라도 따뜻한 밥을 주던 김선자 할머니의 마음을 본받아서 언젠가 내가 사람들을 도와주는 일을 하게 된다면, 혹은 꼭 도와주는 일을 하고 있지 않더라도 앞으로 살면서 내 가슴 속 깊이 간직하며 살아갔으면 좋겠다.

칼로 낸 상처보다, 말로 낸 상처보다

김유진

"…… 하루도 빠짐없이 일어나는 많은 사건들로 우리는 마음의 문을 더 굳게 걸어 잠근다. 이제 우리 사이에 남은 것이라곤 무관심이라는 서슬 퍼런 칼날만이 존재한다. 이 칼날이 지나간 자리에는 붉은 핏자국만이 선명했다. 그것은 어느 곳도 예외 없이 모조리 베어냈다. 우리가 사는 사회로부터 학교, 이웃 심지어는 같은 피를 나눈 가족 간에도 그것으로 인한 아물지 않는 상처가 존재한다. 어쩌면 이 사회 전체가 이미 그들에게 지배당하고 있을지도 모른다."

– 본문 중에서

"위~윙, 윙"

언젠가부터 사람들은 아무 소리도 듣지 못한 채, 자신만의 공간 속에서 살아간다. 그러다 우리는 그 공간에 갇혀 점점 눈이 멀어가고, 귀는 먹먹해지고, 이젠 목소리조차 조금씩 잃어가고 있다. 인정이 넘치던 대한민국은 어느샌가 나눠진 휴전선 사이로 또 다른 금이 생겨나고 있다. 나날이 사람들 사이에 믿음은 무너지기만 하고 서로에게 상처를 받지 않기 위해 서로 등을 돌리고 자신만 감싸 돌고 있다. 길거리에서 사람이 죽어가도 모를 정도로……우리를 아프게만 하는 '무관심'. 과연 그것은 우릴 어디까지 내모는 것일까?

"뉴스 속봅니다. ○○지역에서 주민 간에 층간 소음으로 흉기 난동이 일어났다고 합니다……" 요즘 뉴스는 답답하리만큼 우리 사회의 어두운 단면을 너무 적나라하게 보여준다. 우리가 삶의 행복이란 걸 전혀 찾지 못하고 불안에만 떨게 하려고…… 매일 같이 반복되는 뉴스 속보의 내용도 다 거기서 거기다. 학교 폭력, 층간 소음, 성폭행, 납치 등 우리 사회가 변화하고 있다는 것을 증명이나 하듯, 하루도 빠짐없이 일어나는 많은 사건들로 우리는 마음의 문을 더 굳게 걸어 잠근다. 이제 우리 사이에 남은 것이라곤 무관심이라는 서슬 퍼런 칼날만이 존재한다. 이 칼날이 지나간 자리에는 붉은 핏자국만이 선명했다. 그것은 어느 곳도 예외 없이 모조리 베어냈다. 우리가 사는 사회로부터 학교, 이웃 심지어는 같은 피를 나눈 가족 간에도 그것으로 인한 아물지 않는 상처가 존재한다. 어쩌면 이 사회 전체가 이미 그들에게 지배당하고 있을지도 모른다.

층간 소음. 언뜻 봐서는 단지 이웃끼리의 다툼에 불과하다고 해석할 수도 있다. 그러나 과연 서로에게 관심을 갖고 옆집에 어떤 사람이 사는지 알고 있었다면 이 사건은 단순한 경고로 끝날 수 있었을 것이다. 하지만 현재 이웃들은 서로 폭력을 행사하고, 심지어는 흉기난동까지 일어난다. 정말 예기치 못한 공간까지 '무관심'의 손길이 지나갔다.

오래 전부터 '배움의 공간', '작은 사회', '선생님, 친구들과 함께하는 공간(실제 초등영어 사전에 실린 정의)'이라 불리우던 학교는 언젠가부터 아이들에게 어둠의 공간이라고 인식되고 있다. 그곳에서는 조화와 어울림보다는 경쟁만을 강요하고, 친구란 어려움을 같이 이겨나가는 대상이 아니라, 우리가 밟고 일어나야만 성공할 수 있는 인생의 장애물에 불과하다고 각인시킨다.

이로 말미암아, 학생들 간에 우정은커녕 주위의 사람들(어쩌면 옆에서 가장 오랜 시간을 같이 보낸 짝에게 조차도)에게 관심을 두지 않고 오로지 자신의 공부에만 몰두할 뿐이다. 바로 옆에서 친구가 누군가로부터 협박 받고, 발로 차이는 것을 보면서도, 못 본 척, 못 들은 척 외면한다. 그렇게 우리가 눈과 귀를 막고 있을 동안, 애처로운 촛불은 겨우겨우 삶을 연명해 가고 있었다. 그들은 도움의 손길을 내밀었을 것이다. 다만 그걸 보고도 못 본 척, 듣고도 못 들은 척 그냥 듣고 넘길 뿐이다.

분명히 우리에겐 저 타들어가는 촛불에 다시 생명을 불어 넣을 기회가 존재했다. 그러나 우리의 그 냉정한 무관심 속에 그들의 마지막 아우성이 아무런 빛조차 발산하지 못한 채 차갑게 식어갔다. 그렇게 점차 무관심은 우리 사회 변두리까지 퍼져나가고 있다.

물론 가족 사이라고 해서 '무관심'이 자비를 베풀 리가 없다. 조금만 느려도 경쟁에 뒤처지는 정보화 시대에 사는 현대인들은 하루하루가 고통의 연속이다. 어지간하면 힐링(healing)이라는 말이 나타났을까? 우리는 사회로부터 받은 스트레스를 모두 가정에서 해소하려고 한다. 그러나 지금 누가 당신의 이야기를 시시콜콜 다 들어줄까? 우리는 하루하루가 힘들어서, 서로 지쳐서, 속 편한 '무관심'을 택한다. 같이 이야기를 들어주지 않아도, 고개를 끄덕여 주지 않아도 되니 잠시는 편안하다. 그러나 내 말은 누가 들어주지? 막상 주위를 둘러보니 제각기 각자 일에 바빠 아무도 내게 신경 써 주지 않는다. 그렇게 우리는 서로가 어떤 생각을 하고, 어떤 고통을 겪고 있는지 모른 채 하루하루를 살아간다. 그러다 누군가는 말도 없이 암으로 세상을 떠나고, 또 다른 이는 온몸에 상처투성이가 된 채 세상을 저주하며 스스로 자신의 삶을 포기한다.

숨 쉴 구멍조차 남겨두지 않고 점점 우리의 목을 죄여오는 사회. 조금이라도 틀을 벗어나면 손가락질 받고, 바로 외면당하기 일쑤다. 그 무관심과 외면 속에서 벗어나기 위해 아무리 발버둥쳐도, 손을 내밀어 보아도...... 아무도 잡아주지 않는다.

'역시 우리는 여길 태어나지 말았어야 했어......'

어쩌면 이 시간에도 우리가 눈 가리고 귀를 막으며 지나쳤던 그 누군가는 지독하게도 잔인한 슬픔의 수렁 속에 자기 자신을 내던지고 있을지도 모른다.

평범에 관하여

이경선

"...... 한국은 OECD 국가 중 행복지수가 가장 낮은 국가이다. 나는 그 주된 원인이 사회 또는 교육 문제이기도 하지만 대부분의 사람이 '평범한 삶'을 꿈꾸며 자신의 삶에 만족하지 못하기 때문이라고 생각한다. ..... 모두가 평범한 삶을 살아야 한다는 강박관념 속에서, 조금이라도 평범하지 않은 삶에 대해서는 손가락질하는 사회 분위기에 녹아들어, 그 손가락질을 받지 않는 것을 다행으로 여기며 그것이 삶의 목적인 것처럼 착각하고 산다."

– 본문 중에서

누구나 한 번쯤은 평범한 삶을 꿈꿔 봤을 것이다. 대부분의 한국 사람들은 평범하게 사는 것이 행복하게 사는 것이라는 착각을 하고 있다. 더 정확하게 말하자면 평범하게 사는 것을 인생의 목표로 삼고 있다. 평범한 삶이란 무엇일까? 보통 사람들은 4년제 대학을 졸업해서 공무원이나 누구나 알 만한 회사에 들어가 일하면서 괜찮은 사람과 결혼하여 토끼 같은 자식들을 낳고, 또 그 자식들도 그런 평범한 삶을 보내도록 해주는 것을 생각할 것이다. 게다가 경제적 어려움이나 불행한 사고를 겪지 않는다고 한다면 아주 이상적인 삶이라고 생각할 것이다. 하지만 나는 평범한 것은 곧 보편적인 것과도 연관이 있다고 생각하는데 앞서 말한 평범한 삶을 사는 사람은 드물다. 그 이상의 삶을 영유하는 사람보다 그렇지 않은 사람이 많다는 점에서 봤을 때 더 그렇다. 그것을 보고 평범(平凡)하다고 해도 되는 걸까.

한국은 OECD 국가 중 행복지수가 가장 낮은 국가이다. 나는 그 주된 원인이 사회 또는 교육 문제이기도 하지만 대부분의 사람이 '평범한 삶'을 꿈꾸며 자신의 삶에 만족하지 못하기 때문이라고 생각한다. 우리나라 사람들은 태어나서 죽을 때까지 평생을 경쟁 속에서 치열하게 살아가고 다른 사람의 삶을 쉽게 평가하고 또 평가 당한다. 모두가 평범한 삶을 살아야 한다는 강박관념 속에서, 조금이라도 평범하지 않은 삶에 대해서는 손가락질하는 사회 분위기에 녹아들어, 그 손가락질을 받지 않는 것을 다행으로 여기며 그것이 삶의 목적인 것처럼 착각하고 산다. 그들은 자신의 삶을 자신이 하고 싶은 것에 목표를 두는 것이 아니라 남들의 눈치를 보며 자신이 속한 집단 속에서 벗어나려 하지 않으려 하는 수동적인 삶을 살아가고 있다. 평범한 삶이 좋지 않다거나 잘못되었다는 것이 아니다. 자신이 진정 원하는 것을 찾고, 소신껏 살다 보니 우리가 흔히 말하는 평범한 삶이 되어 있다면 그것은 아무런 문제가 없다. 그런데, 사람마다 타고난 자신만의 것이 있는 독립된 인격체인데, 어떻게 모든 이들에게 평범한 삶이 최선이 될 수 있을까.

불행하게도 대한민국은 다른 어느 나라보다 치열한 교육열을 가지고 있으면서도, 정작 개개인의 꿈이나 적성에는 전혀 관심을 가지지 않는다. 간혹 스스로 자신의 꿈을 이루려는 사람들에 대해서는 오히려 그것을 무시하고 틀린 것으로 여긴다. 그런 환경 속에서 사람들은 자연스럽게 자신이 무엇을 좋아하는지, 무엇을 위해 살아가는지 잊어버리고 그저 다른 사람들이 하는 것을 따라 하면서 그것이 최선이라 생각한다. 나도 평범한 삶이 아닌 '나' 자신만의 삶을 살아가고 싶다는 생각은 해봤지만 정작 내 꿈이 무엇인지에 대한 고민은 해 볼 생각은 하지도 못하고 다른 사람이 '나'를 어떻게 볼 지에 대해 너무 큰 걱정을 하고 있었다.

우리 주위에서 자신의 삶을 통해 타인들에게 감동과 희망을 주는 그야말로 성공한 사람들을 보면 거의 모두가 평범한 삶을 산 이는 없다. 모두가 자신의 소신껏 자신이 하고 싶어 했던 일을 해낸 사람이다. 평범한 삶을 살고자 하는 사람들은 그들이 단지 다른 생각을 하고 다른 꿈을 꾸고 있다는 것만으로 손가락질했을 것이다. 결과적으로 그들은 평범하지 않음을 선택함으로써 동시에 대다수가 이루지 못한 업적을 이루어냈다. 누군가에게는 평범한 삶이 행복한 삶이 될 수 있겠지만 평범한 삶이 반드시 행복한 삶이 아니라는 것을 알 필요가 있다.

똑같지요

최예은

"…… 학교로 돌아와 부끄러움에 몸 둘 바를 몰랐다. 복지관에 가기 전, 그리고 복지관에서 가졌던 어리석은 생각 때문에 내 자신이 너무 한심했다. 그들도 존중 받아야할 한 인격체이다. 사람이다. 하지만 나는 은연중에 그들에 대한 차별을 가지고 있었다. '다른 것'이 아니라 '틀렸다'는 인식을 가지고 있었던 것이다."

– 본문 중에서

아닐 줄 알았다. 적어도 나는 아닐 줄 알았다. 하지만 나 역시 다른 사람들과 똑같았다.

최근에 창체 동아리에서 봉사활동을 하러 간 적이 있다. 가기 전 담당 선생님으로부터 갈 장소인'장애인 종합복지관'에 대해 들었다. 듣는 순간 기뻤다. '나도 이런 활동을 해보는 구나!'싶었다. 하지만 잠시 뒤 걱정이 되었다. 겁도 조금 났었다. '혹시 그들이 날 해치지는 않을까? 위협하지는 않을까?' 일생에 최소 한 번쯤은 장애인들을 돕고 싶었고 만약 이런 상황이 주어진다면 한 치의 망설임도 없이 도

울 것이라고 늘 생각해 왔는데 막상 상황이 닥치니 용기가 나질 않았다. '그렇다면 이때까지 말로만, 머리로만 그들을 위한다고 하고 진짜 속마음은 거짓이었나? 척하는 거였나? 나도 결국 다른 사람들과 똑같은 거였나?'항상 장애인들을 만나면 그들이 불편함을 느끼지 않을 적정선을 지키며 진심으로 대할 것이라는 확신을 해오던 터라 이런 내 모습이 부끄러웠다.

날짜가 다가왔다. 지금까지 믿어왔던 나의 모습과는 다른 모습을 발견했기 때문에여전히 마음속이 복잡했었다. 택시를 타고 복지관에 도착했다. 관계자 분이 아이들마다 할 일을 배정해 주셨다. 그 순간에도 마음속에서 비겁한 생각이 자꾸 들었다. '그들과 함께 활동할 수 있는 것을 했으면 좋겠어. 근데 내심 만나려고 하니 무섭다.' 배정받은 일을 수행하기 위해 친구 한 명과 3층으로 올라갔다. 교실 문을 여는 순간 내가 상상했던 장면이 아니어서 조금 당황했었다. 교실에는 작업치료사 선생님과 상담을 받으러온 학부모와 아이들이 있었다. 장애인들은 한 명도 없었다. 상담은 우리가 들어가고 얼마 후 끝이 났다. 우리가 맡은 업무는 컴퓨터로 작업을 하고 종이를 오려 붙이는 일 등 사무적인 일이였다. 장애인들과 얘기를 나누고 놀이 활동을 할 것이라고 예상했던 것과는 달랐다. 일이 끝나고 학교로 돌아갈 시간이 되었다. 돌아갈 적에는 복지회관 버스와 시간이 맞아서 타고 가기로 하였다. 버스에 들어서니 이미 몇몇 장애인들이 타고 있었다. 나와 친구는 남은 자리에 앉았다. 그러자 주위에 앉아 있던 장애인 언니 두 분께서 우리에게 먼저 말을 걸어 주셨다. 기뻤지만 꺼내는 첫마디가 나를 잠시 생각에 잠기게 했다.

"우리 안 무서워요. 애들 다 자리에 가만히 있으니까 걱정 안 해도 돼요."

이 말을 듣고 그들이 살면서 오직 장애인이라는 이유로 얼마나 많은 오해를 겪어왔는지 짐작이 갔다. 한 언니는

"내가 동생이 있는데 너희처럼 대학 가려고 포항에서 열심히 공부하고 있어. 이 언니, 장애인이어도 동생이 항상 잘해 준다. 언니 남자 친구 있는데 사진 보여줄까?"

라며 거리낌 없이 말을 하셨다. 우리를 적극적으로 대해 주셔서 고마웠지만 한편으로는 이 씩씩한 언니가 자신이 장애인이라는 것을 인지하고 있고 그 이유로 한 번씩 위축되지는 않을까 걱정이 되었다. 하지만 삶을 긍정적으로 살고 있다는 느낌이 들어서 다행이다.

잠시 후 아직 버스에 타지 않은 승객들이 복지관에서 나왔다. 우리는 앉아 있던 자리를 비켜드렸다. 버스에 인원이 꽉 차 함께 온 동아리 구성원 몇 명은 선 채로 버스를 탔다. 이번에는 맨 앞자리에 앉게 되었다. 주위에 있던 장애인 한 분이 우리들에게 껌을 나눠 주셨다. 그리고 자기 옆에 앉아있던 우리 학교 친구에게 껌 한 통을 통째로 주는 것이었다. 그 작은 선물에 그분의 마음이 느껴지는 듯했다.

학교로 돌아와 부끄러움에 몸 둘 바를 몰랐다. 복지관에 가기 전, 그리고 복지관에서 가졌던 어리석은 생각 때문에 내 자신이 너무 한

심했다. 그들도 존중 받아야할 한 인격체이다. 사람이다. 하지만 나는 은연중에 그들에 대한 차별을 가지고 있었다. '다른 것'이 아니라 '틀렸다'는 인식을 가지고 있었던 것이다. (사실 '장애인'이라는 단어를 이글에서 쓰는 것조차 차별의 의미를 내포하고 있는 것 같아 찝찝하다.) 더욱 안타까운 것은 이런 인식을 겉으로 드러내는 사람들이 많다는 것이다. 어찌 보면 몸은 장애인들이 더 불편하지만 마음은 비장애인들이 더 병들었다. 만약 내가 장애인이라면 지금 사회에서 느낄 수 있는 시선을 잘 감당해 낼지가 참으로 궁금하다.

5부. 참새들의 회의

-자연, 생태, 생명

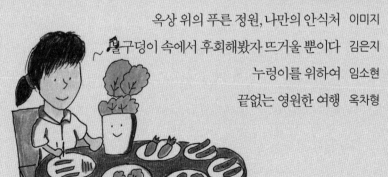

방울이

안나현

"……지금 다시 그때의 나를 다시 보면 나는 그 개를 정말 좋아하고 사랑했지만 사랑하는 방법을 잘 몰랐었던 것 같다. 그저 너무 좋아서 자꾸 내 마음대로 하려 했고 그냥 예뻐해 주기만 하면 될 줄 알았다. 하지만 그 녀석이 진정으로 필요했던 것은 그냥 넓은 들판과 자유로운 생활이었을 지도 모른다……"

– 본문 중에서

옛날 앨범을 넘기다가 네발자전거에 앉아 해맑게 웃으며 브이 자를 하고 있는 한 꼬마와 그 옆에 앉아있는 누런 빛깔의 진돗개의 모습을 담고 있는 사진 한 장을 보면 웃음이 나온다.

내가 어렸을 때 우리 집에서는 누런 빛깔의 털과 맑은 눈은 가진 '방울이'라는 진돗개 한 마리를 키웠었다. 처음 '방울이'를 데려올 때 엄마가 들고 오겠다는 것을 내가 기어이 고집을 부려 낑낑대며 들고 오다가 그만 떨어뜨려 걱정했던 기억이 있다. 하지만 내 걱정과 달리 정말 작고 비실한 '방울이'는 무럭무럭 자라 장난 많은 진돗개가 됐다.

그 당시 지금과 달리 우리 집은 마당 텃밭에 상추나 각종 채소를 기르고 있었는데, 녀석의 목줄을 풀어 줄 때마다 녀석은 할머니께서 정성스럽게 기른 것들을 다 짓밟으며 날뛰고 돌아다녀서 할머니와 서로 앙숙 사이였다.

나는 '방울이'를 정말 좋아했었는데, '방울이' 역시 나를 잘 따랐었다. 그때 '방울이'와 하는 것은 뭐든지 재미있었다. 아빠와 함께 목욕시켜주는 것도 재미있었고, 같이 산책하는 것도 좋았고 그리고 먹이를 들고 가면 좋아서 꼬리를 홰홰 내젓던 모습도 정말 좋았었다.

하지만 매일매일 '방울이'에게 잘해 준 것만은 아니었다. 할머니의 텃밭을 밟고 다니는 녀석이 미워서 때리기도 했고, 훈련한답시고 '앞발 들어라, 앉아라, 서라' 면서 자꾸 귀찮게 했었고 내가 나이를 먹으면서 예전만큼 함께 놀아주지도 못했다. 그랬었는데…….

그러던 날 그날 '방울이'의 목줄이 끊어져서 임시용으로 목에 노끈은 매달아 놓았다. 나는 그날 금방 돌아올 것이라 생각해 대문을 열어놓고 친구 집에 놀러 갔었는데 집에 돌아와 보니 '방울이'가 있어야 할 마당 한 구석은 텅 비어 있었다. 혹시 돌아올지도 모른다는 엄마 아빠의 말에 밤에 대문을 열어놓고 하루 종일 앉아서 기다렸음에도 불구하고 하루가 지나도 이틀이 지나고 그리고 일주일이 지나도 결국 '방울이'는 돌아오지 않았다. 그때는 정말 꼭 돌아올 거라고 굳게 믿고 있었기 때문에 끝내 돌아오지 않았던 '방울이'가 정말로 밉고 원망스러워 계속 울었던 기억이 난다.

'방울이'를 잃어버린 지 10년 가까이 되는 지금 다시 그때의 나를 다시 보면 나는 그 개를 정말 좋아하고 사랑했지만 사랑하는 방법을 잘 몰랐었던 것 같다. 그저 너무 좋아서 자꾸 내 마음대로 하려 했고 그냥 예뻐해 주기만 하면 될 줄 알았다. 하지만 그 녀석이 진정으로 필요했던 것은 그냥 넓은 들판과 자유로운 생활이었을 지도 모른다. 그 장난 많고 뛰어다니기를 좋아했었던 녀석에게는 잃어버리지 않기 위해 꽁꽁 목에 채워주었던 목줄은 자신의 자유를 구속하는 끈이었을 것이다.

지금 '방울이'는 어디서 무엇을 하고 있을까? 아마 지금도 그 장난스러운 눈빛을 가진 '방울이', 자유롭게 뛰어다니기를 원했을지도 모르는 '방울이'는 목줄 없는 진짜 자유를 만끽하며 자유롭게 뛰어다니고 있을까?

참새들의 회의

정은애

"……결국 나와 참새는 개별적 존재가 아닌 서로를 도우며 살아가는 상호보완적 관계에 놓여 있는 것이다. 인간은 자연을 지배할 수 없고 가만히 지배당할 자연도 아니다. 자연과 함께 있는 순간 가장 행복하고 건강한 삶을 영위할 수 있다. 하지만 함께하는 참맛을 모르는 사람들은 먼 미래를 보지 못하고 눈앞에 보이는 이익에만 급급해 자꾸만 자연을 지배하려 한다. 나는 이러한 인간의 무지와 그로 인한 자연의 아픔에 안타까움을 느낀다."

\- 본문 중에서

매일아침 싱그러운 햇살과 함께 "짹짹"소리를 내며 아침을 알리는 우리 집에 자리 잡은 저 수많은 참새들은 대체 어디로부터, 왜 날아왔을까?

일제강점기와 전쟁 이후의 굶주림에서 벗어나기 위해 시작한 경제개발. 그리고 그에 따른 산업화와 도시화는 공장의 매연, 밤에도 불을 끌 줄 모르는 고층 빌딩, 무서운 속도로 내달리는 자동차들을 낳았다. 때문에 참새들은 도시에서 생명을 위협받았다.

그래서 찾아온 시골. 하지만 더 이상 시골도 예전에 까치밥을 위하여 감나무에 감을 몇 개 남겨두던 넉넉한 인심을 지닌 곳이 아니다. 사람들은 자신의 이익만을 위하여 농약과 비료들을 마구잡이로 살포했다. 그로 인해 '일찍 일어나는 새가 병든 벌레를 먹고 먼저 죽는다.'라는 말이 생길 정도로 시골 역시 참새들에겐 위협의 공간이 되어버렸다. 도시화와 산업화로 인해 우리 인간의 삶은 살기 좋아졌을지 모르나 참새들은 어른들이 말하던 그 옛날 보릿고개 때보다도 더 힘든 삶을 살게 된 것이다.

힘겹게 먹을 것을 찾아다니다 마침내 찾아온 소나무 숲과 대나무 숲 사이에 위치한 경주시 건천읍 원신길 78-3번지. 참새들이 날아와 사료를 먹는다는 것을 알고서는 사료 포대를 오므려 놓지 않고 그대로 벌려두는 마음씨 착한 농부, 자신의 구유에서 자신의 사료를 뺏어먹어도 화내지 않는 황소, 나에게 좋은 달걀을 먹이고자 닭들을 산에 가서 풀도 뜯어먹고 모래 목욕도 하며 놀라고 닭장 문을 열어놓은 탓에 꿩도, 비둘기도, 봄이 오면 잠시 다녀가는 제비들도, 들어가 마음껏 사료를 먹고 가는 빈 닭장이 있는 이곳은, 가끔씩 알을 주우러 닭장에 가서 달걀이 몇 개 있는지에 관심이 있을 뿐 참새들을 훠이~ 하고 쫓아내지 않는 내가 사는 우리 집이다. 참새들에게는 이러한 우리 집이 천국과도 같았을 것이다. 참새들 사이에도 소문이 났는지 우리 집은 늘 참새 소리로 시끌벅적하다.

참새들에게 이렇게 좋은 보금자리를 제공하고 있는 우리 집을 사람들은 소음과, 더러움으로 골치를 안고 살아 간다고 평가할 수도 있다. 하지만 그것은 잘못된 생각이다. 참새들의 귀여운 "짹짹"소리를 듣고파 창문을 활짝 열어놓고 창가에 서서 바깥 풍경을 잠시 바라보고서는 행복에 젖어 아침밥을 준비하는 엄마, 그리고 그런 엄마의 사랑이 가득 담겨 있는 음식을 먹고 포동포동 한껏 살이 올라 모두들 건강한 생활을 하는 우리 가족은 모두 참새들 덕을 톡톡히 보면서 살고 있다.

결국 나와 참새는 개별적 존재가 아닌 서로를 도우며 살아가는 상호보완적 관계에 놓여 있는 것이다. 인간은 자연을 지배할 수 없고 가만히 지배당할 자연도 아니니다. 자연과 함께 있는 순간 가장 행복하고 건강한 삶을 영위할 수 있다. 하지만 함께하는 참맛을 모르는 사람들은 먼 미래를 보지 못하고 눈앞에 보이는 이익에만 급급해 자꾸만 자연을 지배하려 한다. 나는 이러한 인간의 무지와 그로 인한 자연의 아픔에 안타까움을 느낀다.

어느 날 나는 이 이야기를 글로 쓰고 싶어졌다. 실화인지 동화인지 모를 글이지만 연필을 잡으니 순식간에 술술 씌어졌다.

- 건천 시내 모든 참새들이 모여 큰 정자나무 아래서 회의를 하고 있다. 공장에서 사는 참새도, 아파트 단지에 사는 참새도, 시골 학교

운동장에서 사는 참새도 하나 같이 걱정스러운 표정을 하고서는 말했다.

"벼는 아직 익지 않고 사람들이 농약을 너무 쳐서 아무 벌레나 잡아먹을 수 없고, 어른들이 말하던 그 옛날 보릿고개 때보다 살아가기가 더 힘드니 살아갈 방도가 없네요."

하면서 무슨 좋은 생각들이라도 있는지 의견을 모으고 있었다.

그때 은애네 집 앞 대나무 숲에 살던 참새가

"그럼 은애네 집으로 이사 와!"

하였다. 모든 참새들은 일제히 그를 쳐다보았다.

"은애네 아빠는 사료 포대를 오므려 놓지 않고 벌려놓은 채 그대로 놔두기 때문에 우리는 아예 포대 자루 속에 들어가 포식을 해, 그리고 올 여름 은애네 언니들의 유학 자금을 마련하기 위해 황소 한 마리를 살찌우는 중인데 구유에 사료를 얼마나 많이 주는지 늘 남아 있어, 다행히도 그 황소 아저씨기 얼마나 마음씨가 좋은지 우리들이 아무리 몰려가서 먹어도 화내지 않아"

"우와~"

모든 참새들이 입을 맞추어 감탄사를 연발했다.

"그것뿐인 줄 아니? 집 뒤 닭장에는 닭이 열 마리 오리가 두 마리 있는데 은애 엄마랑 아빠는 은애에게 좋은 계란을 먹여야 한다고 닭들을 산에 가서 풀도 뜯어먹고 모래 목욕도 하며 놀아라고 닭장 문을 열어놓는데, 빈 닭장에는 꿩도 들어가서 사료를 먹고, 비둘기도 들어가서 먹고, 까치도 먹고, 봄이 오면 잠시 다녀가는 제비도 들어가 사료를 먹는데 우리 같은 참새들은 입도 작고 배도 작아 아무리 먹어도 은애네에게 별로 미안하지도 않아, 그리고 가끔 은애가 닭장에 알을 주우러 와도 알이 몇 개가 있나? 그것만 신경 쓰지 우리를 훠이~ 하고 쫓아내지도 않아. 우리들은 우사에 살아도 되고 우사 앞 대나무 숲에 살아도 되고, 그 옆 소나무 숲에 살아도 되지! 소나무 숲에는 가끔 청설모나 다람쥐가 오르락내리락 할 뿐 우리에게는 방해가 되지 않아"

"그래도 우리가 아침마다 시끄럽게 짹!짹!짹! 거리면 주인 아줌마 아저씨께서 싫어하시지 않을까?"

"무슨 소리! 우리가 이른 새벽 입을 모아 짹!짹!짹! 거리면 은애 엄마는 우리 소리가 듣기 좋아 창문부터 활짝 열어 놓고 창가에 서서 바깥 풍경을 잠시 바라보곤 기분 좋게 아침을 준비하시지. 이제 은애가 늘 포동포동 살이 쪄 있는 이유를 알겠지? 그게 다~ 우리 덕분이야 우리 소리에 기분 좋게 아침을 준비하시고그 음식 속에는 사랑이 가득 담겨 있으니까 은애가 늘 포동포동할 수밖에 더 있니? 한마디로 말해서 우리 참새와 사람은 서로 돕고 나누며 산다고나 할까?"

"자연은 그 누구의 것도 아니다! 서로 지배하는 것도, 지배를 당하는 것도 아 니다! 이 말이지?"

"역시 하나를 가르쳐 주면 열을 알아요!"

듣고 있던 모든 참새들은 만장일치로 은애네 집으로 이사 가기로 결정했다. 앞으로는 은애가 더욱디 포동포동해질 일만 남았다.

부모님께 글을 보여드리니 잘 썼다고 칭찬하셨다. 참새들에게도 읽어주면 좋아할 것 같다. 참새들은 우리 집 식구들이고, 나의 친구다.

도시 농부

이나영

"..... 환경 문제 중에서도 특히 지구 온난화는 결코 간단한 문제가 아니라 보이지 않는 괴물과도 같다. 그래서 진정으로 환경을 위하고 생각하는 사람들이 늘어나서, 개인을 위해, 그리고 지구를 위해 이런 생산적인 취미를 가져보았으면 좋겠다. 많은 사람들이 마음으로 생각하고 손으로 실천하는 도시 농부가 되었으면 좋겠다."

– 본문 중에서

"얘들아, 고구마 먹을래? 우리 집 앞 텃밭에서 직접 기른 거야."

" 우와, 직접 기른 거야? 신기하다. 맛있어!"

나는 작년에 직접 키운 고구마를 기숙사에 가져와 친구들과 나누어 먹었다. 그러면서 은근슬쩍 아버지를 시티 파머라 자랑했다. 시티 파머(City farmer)는 자연과 조화를 이루는 삶을 살기 위해 도심에서 자신과 가족의 먹을거리를 직접 재배하는 사람을 말한다. 우리 아버지께서는 해마다 오이, 고추, 상추, 고구마, 호박, 깻잎, 두릅 등등 여러 가지를 길러 우리 집 밥상을 채워주곤 하신다. 건강하고 깨끗한 먹을거리를 재배하기 위해 비료를 사용하지 않으시고, 집에서 나는 음식물 쓰레기를 거름 삼으신다.

"밭을 일굴 땐 힘들지만 신선한 먹거리를 먹을 수 있어 좋고, 무엇보다 이웃들과 나눠 먹을 수 있어서 좋다. 그리고 식물들이 커 가는 모습을 보면 자연의 경이로움을 느끼기도 하고 마음이 넉넉해지는 느낌을 받기도 하고."

라시며, 흙을 만지시고 물을 주시는 아버지의 지극히 정성스런 모습을 보면, '아, 이런 것이 농부의 마음이구나.' 싶다. 이런 아버지께 정말 감사하고, 밭일을 도와드리면서 힘들다는 생각이 들 때마다 몇 년 동안 계속해 오시는 아버지가 마냥 존경스럽다. 아마 이렇게 가까이에서 자연과 가까워질 수 있는 기회를 가지고 배울 수 있는 친구들도 드물지 싶다.

그래서 집에서 식사할 때 식탁 위를 보면 직접 기른 먹을거리들이 푸짐하게 놓여 있는 경우가 많다. 그런데도 막상 밥상에 올라오는 음식을 살펴보면 생각 외로 수입산도 꽤 볼 수 있다. 쇠고기, 바나나, 밀가루 등등 생각보다 많은 음식 재료들이 수입품들이었다. 그런데 이것이 온실가스를 발생시킨다는 것을 알게 되었다. 온실가스 양이 증가하면서 지구 온난화라는 문제가 사회적으로 발생하니 수입하는 먹을거리마다 푸드 마일리지라는 것을 계산하여 붙인다고 한다. 푸드 마일리지(Food mileage)란 음식이 우리 입에 들어오기까지 이동한 총 거리에 따른 온실가스 배출량을 말한다. 그러니까 쉽게 말해서 가까운 지역에서 생산된 농산물일수록 온실가스 발생량을 줄일 수 있다는 것이다.

먹을 때엔 그저 먹는 데 집중했지 전혀 생각해 보지 못했던 부분들이라 많이 당황했었다. 어머니께서 "전에 바나나가 귀해서 비싸게 돈 주고 사 먹던 시절이 있었어."하며 이야기를 해 주실 때마다 '요즘에는 수백 수천 킬로미터 바다 너머에서 건너오는 것을 먹을 수 있는데, 이건 분명히 행운이야.'라며 기분 좋게 받아들였었다. 그런데 푸드 마일리지의 개념을 알고 나니 이렇게 사소한 것들조차도 지구 온난화 현상을 심화시키는 주범이었구나 싶었다. 물론 이웃나라들과 함께 수출입을 하며 경제적인 이득을 보는 것이 나쁘다는 것은 아니지만, 모두가 다시 생각해 보아야 할 필요가 있지 않을까 싶다. 특히 나는 환경 분야에 꿈을 가지고 있고, 관심을 가져 왔다고 생각하는데, 알게 모르게 환경을 파괴하고 있었다는 것에 대해 죄책감이 들기도 하고 부끄러운 마음이 들기도 했다.

"굳이 힘들게 애쓰고 시간 낭비할 필요가 있어요? 사 먹으면 편할 텐데."

"저도 제가 직접 길러보고 싶은데 막상 하려니까 귀찮고, 어지럽기도 하고, 생각보다 많이 번거롭더라구요. 어디서 배우셨어요?"

가끔씩 우리 아버지께서 주변 사람들로부터 종종 듣는 얘기이다. 아마도 많은 사람들 중 누군가는 의아해하기도 하고, 직접 작물을 기르는 것에 대해 매력은 느끼지만 미루고 미루다가 결국 텃밭을 가꾸지 않는 경우도 많다. 식물을 기른다는 것이 쉬운 일반은 아니니다. 맞는 말이다. 내가 아버지를 도와드릴 때에 삽으로 흙을 뒤집어엎는 일이 얼마나 힘들었는지 모르겠다. 심지어 내가 좋아하는 방울토마토 따는 일조차 얼마나 귀찮았는지......

할머니, 할아버지께나 혹은 모종을 파시는 분들께 궁금한 것을 여쭤보기도 하고, 컴퓨터로 직접 알아보거나 다른 방법으로 길러 볼 시도를 해 보기도 했다. 그렇게 해마다 식물을 기르다 보면 신선한 음식을 먹을 수 있게 되고, 이전보다 이웃들과 정도 더 나누게 되고, 무엇보다도 환경오염을 줄이는 데 도움이 된다는 생각에 마음이 뿌듯해지기까지 하다. 그래서 이런 수고는 어쩌면 더 큰 보상을 주는 게 아닐까 싶다.

환경 문제 중에서도 특히 지구 온난화는 결코 간단한 문제가 아니라 보이지 않는 괴물과도 같다. 그래서 진정으로 환경을 위하고 생각하는 사람들이 늘어나서, 개인을 위해, 그리고 지구를 위해 이런 생산적인 취미를 가져보았으면 좋겠다. 많은 사람들이 마음으로 생각하고 손으로 실천하는 도시 농부가 되었으면 좋겠다.

감정은 사람에게만 있는 것?

손선경

"...... 뽀뽀도 해주면서 너무 심하게 괴롭혀서 내가 놓아주자고 해서 겨우 풀어 주었다. 우리는 개구리에게 아주 큰 존재이다. 하지만 우주에게 우리는 아주 작은 먼지 같은 존재이다. 우리가 개구리를 괴롭히면, 우주가 우리를 괴롭히는 것과 같은 큰 고통을 받을 것이다. 우리가 자연 재해를 당할 때 무섭고, 두렵고, 벗어나고 싶은 그 감정을 개구리도 고스란히 느낄 것이다."

- 본문 중에서

나에게는 사촌 동생이 2명 있다. 각각 세 살과 다섯 살인데 세 살인 아기는 리원이, 다섯 살인 아기는 희상이다. 사촌 동생들은 우리 집에 거의 살다시피 할 정도로 자주 놀러온다. 리원이는 항상 우리 집에서 자기 집으로 돌아갈 때 "따따따! 따따따요!"하며 우렁차게 인사를 한다. 너무 귀여워서 리원이가 인사를 할 때 핸드폰으로 동영상을 찍어놓았고, 다음 번에 다시 만났을 때 리원이에게 그 동영상을 보여주었다. 그것을 본 리원이는 갑자기 대성통곡을 하기 시작했고, 나는 영문도 모른 채 어쩔 줄 몰라 했다. 유독 그 동영상만 보여 주면 계속 울었다. 내 생각에 집에 갈 때 하는 인사가 기분이 좋아서 한 행동이 아니라 슬퍼서 소리를 지르는 것 같았다. 아직 말도 못하는 아기인데, 그때 당시의 동영상을 보면서 그때의 감정을 기억하고 우는 것이 너무 신기했다. 가만히 생각해 보면 아직 지능이 제대로 발달하지 못한 아기도 자신의 감정을 알 수 있는데 다른 생물들이라고 해서 자신의 감정을 알지 못할 것은 없다는 생각이 들었다.

흔히 볼 수 있는 벌만 해도 그렇다. 나무에 달린 벌집을 건드렸다가 사람이 벌에 쫓기는 모습은 TV나 컴퓨터로 자주 볼 수 있다. 매서운 속도로 쫓아가는 벌의 모습은 마치 단단히 화가 난 것처럼 보인다. 아주 작은 뇌를 가진 곤충에 불구하지만, '화'라는 감정을 느낄 수 있는 것이다.

식물도 마찬가지이다. 예전에 식물에 관한 재미있는 실험에 대해 들어본 적이 있다. 똑같은 종류의 두 식물을 똑같은 환경에서 키웠는데, 한 식물에게는 "아이 예쁘다. 잘 자라렴." 같은 긍정적인 말을 들려주었고, 다른 한 식물에게는 "너 왜 이렇게 못생겼어. 죽어버려!" 와 같이 부정적인 말을 들려주었다. 긍정적인 말을 들은 식물은 예쁜 꽃을 피우며 잘 자랐고, 부정적인 말을 들은 식물은 시들시들하게 잘 자라지 못했다고 한다. 이 실험을 통해 우리가 알 수 있는 점은 무엇일까? 비록 뇌도 없고, 눈, 코, 입 모두 없는 약한 식물이라도 자신이 사랑을 받는지 미움을 받는지는 알 수 있다는 것이다. 만약 내가 그 식물들이었더라도 당연히 사랑을 받으면 '행복함'을 느껴 잘 자랄 수 있었을 것이고, 미움을 받으면 '좌절, 슬픔'을 느껴 잘 자라지 못했을 것이다.

이처럼 작고 하찮다고 생각하는 생물들도 모두 감정을 느낄 수 있다고 생각해 보면, 우리는 이때껏 막 대했던 생물들에게 미안해해야 한다. 우리는 지나가다 밟은 개미에게도, 무심코 잡은 파리에게도 고통을 주며 슬픔, 억울함을 느끼게 해 주었을 것이 분명하다.

얼마 전에 희상이가 아버지께서 잡아주신 개구리를 괴롭힌 적이 있었다. 희상이는 아직 어리고 한창 호기심이 가득할 때라서 그 개구리를 생명으로 보지 못하고 장난감으로 생각하는 것 같았다. 물에 넣었다 뺐다 하고, 배도 꾹 누르고, 다리도 잡아당기고 뽀뽀도 해주면서 너무 심하게 괴롭혀서 내가 놓아주자고 해서 겨우 풀어 주었다. 우리는 개구리에게 아주 큰 존재이다. 하지만 우주에게 우리는 아주 작은 먼지 같은 존재이다. 우리가 개구리를 괴롭히면, 우주가 우리를 괴롭히는 것과 같은 큰 고통을 받을 것이다. 우리가 자연 재해를 당할 때 무섭고, 두렵고, 벗어나고 싶은 그 감정을 개구리도 고스란히 느낄 것이다.

이렇게 생각하면 우리가 다른 작은 동식물을 함부로 죽이고 괴롭히는 것은 우리가 자연에게서 받는 고통을 그대로 다른 생명에게도 전하는 꼴이 되는 것이다. 다른 모든 동식물에게 감정이 있는지는 정확하게 알 수는 없지만, 감정이 없다 해도 자신이 괴롭다는 것을 모르지는 않을 것이다. 나는 다른 생명들에게 감정이 모두 존재한다고 믿고 있다. 그래서 작은 벌레도 함부로 죽이려 하지 않는다. 다른 모든 사람들도, 다른 생물들이 자신처럼 감정을 가지고 있다고 생각하고 존중해주어 왔다면 지금처럼 자연이 파괴되고 많은 생물들이 사라지게 되었을까? 제발 생명들 모두 감정이 있고 인간이 겪는 고통만큼 혹은 더 심하게 고통 받을 수 있다는 것을 항상 염두에 두었으면 좋겠다. 그랬을 때 우리가 항상 입으로만 말해 왔던 '자연과의 조화', '다른 생물과의 공존'을 입이 아닌 머리로, 온몸으로 실천 할 수 있을 것 이라고 나는 굳게 믿고 있다.

아무도 모르는 희생에 대해서
- 8월 13일 토끼 해부 실험 감상

한소운

" 하지만 그것은 사실이 아니었다. 그 날, 마취되어 가던 토끼의 눈은 굉장히 슬퍼 보였고 마치 자신의 운명을 다 알고 있는 듯한 느낌이 들었다. 그 눈빛은 그 뒤 한참 동안이나 꿈에 나타나서 나를 괴롭혔다. 마치 자신이 나의 호기심과 지식을 채워주기 위해 희생되었다는 것을 기억해 달라는 듯이."

- 본문 중에서

며칠 전, 메모리의 용량을 늘리기 위해 파일 정리를 하고 있었다. 그러다 작년 여름, 영재반 여름 캠프 때의 사진들을 보게 되었다. 그 사진들을 보면서, 작년 여름에 있었던 일들을 다시 떠올려 보던 중에 갑자기 내 시선을 끌어간 사진들이 있었다. 여름 캠프의 하이라이트였던 토끼 해부 사진들이었다.

그 전까지 소 눈이나 돼지 심장은 해부해 본 적이 있었지만 동물 한 마리를 데리고 전체를 해부해 보는 것은 처음이라 매우 기대하고 있었다. 우선 토끼를 마취시켜야 했었는데 토끼가 커서 마취 시간이 예상보다 오래 걸렸다. 결국 예정보다 늦은 시간에 해부를 시작해서 최대한 빨리 끝내고 정리해야 할 상황이 되었다. 그래서 다들 바쁘게 움직였다. 다른 반에서도 구경을 와서 도구 준비 같은 것을 거들어 주었다.

저녁 7시경에 드디어 기대하던 토끼 해부를 시작했다. 해부대 위에 놓인 토끼는 그냥 잠시 기절해 있는 것만 같아서 쉽게 손을 댈 수가 없었다. 우리 조의 다른 사람들도 다들 같은 생각이었던 것 같다. 심호흡을 한 번 하고 토끼의 가죽을 잘라내기 시작했다. 일단 손을 대자 그 다음부터는 그리 어렵지 않았다. 순식간에 토끼는 원래의 형체를 잃어버렸다.

해부된 후의 토끼를 보고 있으니 토끼에 대한 미안함이 밀려왔다. 해부를 하는 도중에는 생물의 구조에 대한 신비로움과 새로운 것에 대한 호기심으로 느끼지 못했던 감정이었다. 그 미안한 감정은 토끼를 교육원 정원에 묻고 오는 길에도 계속되었고, 모든 실험동물에 대한 미안한 감정으로 이어졌다.

일 년에 실험실에서 희생되는 동물은 우리나라에서만 약 400만 마리라고 한다. 전 세계적으로는 1년에 5억 마리 정도가 희생되고 있다. 1초에 약 열여섯 마리의 동물들이 그들의 본성에 따라 자연에서 뛰놀지 못하고 실험실에 갇혀 죽어가고 있다는 뜻이다. 사람들을 위한 약이나 병의 치료법을 연구하기 위해 아무 관련 없는 동물들이 희생되는 셈이다.

물론 동물 실험은 불가피하다. 생명을 다루는 실험의 경우 사람을 대상으로 하는 실험은 불가능하기 때문이다. 그렇다면 우리는 그 동물들에 대해 최소한의 미안한 마음, 고마운 마음을 가지고 있을까? 대부분의 사람들의 대답은 '아니오' 일 것이다. 나도 토끼 해부를 하기 전에는 그들에 대해 생각해 보지 않았었다. 오히려 그런 실험에 대해 당연하다는 생각을 가지고 있었다. 동물 실험은 그저 연구의 필수적인 단계일 뿐이라는 생각이었다. 또 동물들이 그들의 처지에 대해 느낄 수 없을 것이라고 생각했었다.

하지만 그것은 사실이 아니었다. 그 날, 마취되어 가던 토끼의 눈은 굉장히 슬퍼 보였고 마치 자신의 운명을 다 알고 있는 듯한 느낌이 들었다. 그 눈빛은 그 뒤 한참 동안이나 꿈에 나타나서 나를 괴롭혔다. 마치 자신이 나의 호기심과 지식을 채워 주기 위해 희생되었다는 것을 기억해 달라는 듯이. 아마 이것은 모든 희생된 동물들의 공통된 마음이 아닐까.

거의 1년 가까이 지난 일이지만 아직도 내 꿈에는 가끔씩 그때 그 토끼가 나타나 나를 빤히 쳐다보곤 한다. 그때마다 난 토끼에 대한 미안함에 어쩔 줄을 모르고 식은땀만 흘리다가 깨어나곤 한다. 나는 아직도 토끼에게 내 마음을 전하지 못하고 있다. 다음번에 토끼가 나타나면 그때는 미안하다고, 고맙다고 말해 줄 수 있을까?

산과 외할머니

전소영

"...... 산길을 걸으며 할머니랑 도란도란 나누는 이야기도 재밌고 무슨 일이든 내가 하는 이야기를 들으시고 항상 내 편을 들어 주셔서 더 좋다. 새 소리, 풀 냄새, 나무 냄새도 이젠 이유 없이 좋다......"

- 본문 중에서

나는 산에 오르는 것을 무척 싫어했다. 땀이 흘러 끈적끈적한 느낌이 싫었고, 넝쿨나무처럼, 땀으로 젖은 옷이 살을 휘휘 휘감는 듯한 기분도 싫었다. 그래서 산에 가는 날이면 내가 생각해도 말도 안 되는 핑계를 대며 뒤꽁무니를 빼곤 했다.

운동을 싫어할 뿐만 아니라 움직이는 자체를 싫어했다. 날씨가 화창한 주말에도 외출보다 집에서 TV 보고 책 읽는 것이 좋았다. 하지만 어머니께서는 이런 날엔 햇볕이 아깝다고 하시면서 빨랫거리를 잔뜩 꺼내서 향긋한 세제 냄새 나는 옷가지들을 하늘에 주렁주렁 매다신다. 날이면 날마다 뜨는 해가 뭐가 그리 아까운지 도무지 이해할 수가 없다. 태어날 때부터 게으른 나는 이래서 친구들보다 더 통통한가 보다. 외할머니는 이런 나를 늘 걱정하시며 가까운 낮은 산으로 운동가실 때면 늘 나를 데려가고싶어 하셨다. 아무리 안 가려고 발버둥치고 아우성쳐도 소용이 없다.

원래 운동을 좋아하시는 할머니는 '산악회'에서 등산도 자주 가시고, 내가 어릴 땐 '에어로빅 대회'도 나가실 만큼 열심히 운동하신다. 운동하시는 할머니의 모습은 늘 행복해 보였고 항상 즐기며 하시던 기억이 난다. 하지만 나는 화창한 날 "소영아, 산에나 잽싸게 다녀오자!" 하시는 할머니의 말씀이 제일 두렵고 무서웠다.

마지못해 산에 끌려 다니는 것이 벌써 몇 년째다. 고등학교에 올라와서 자주 가지는 못하지만 이젠 산에 오르는 상쾌함도 알 것 같다. 중학교 때 음악 선생님께서 가르쳐주신 '봄이 오면' 이란 노래가 생각이 난다.

봄이 오면

봄이 오면 산에 들에 진달래 피네
진달래 피는 곳에 내 마음도 피어
건너 마을 젊은 처자 꽃 따러 오거든
꽃만 말고 이 마음도 함께 따가 주

봄이 오면 하늘 위에 종달새 우네

종달새 우는 곳에 내 마음도 울어
나물 캐는 아가씨야 저 소리 듣거든
새만 말고 이 소리도 함께 울어 주

산길을 걸으며 할머니랑 도란도란 나누는 이야기도 재밌고, 무슨 일이든 내가 하는 이야기를 들으시고 항상 내 편을 들어 주셔서 더 좋다. 새 소리, 풀 냄새, 나무 냄새도 이젠 이유 없이 좋다.

작년 봄, 어머니께서 감기몸살로 4일 정도 입원하신 적이 있었다. 길지 않은 시간이었지만 그때의 4일이 4년처럼 느껴졌다. 어머니께서 안 계신 집이 너무 썰렁하고 이상하게만 느껴졌다. 온통 모든 것이 뒤죽박죽 고물상이 된 것 같았다. 그때 동생과 집을 지키면서 가족 건강의 소중함과 건강을 지키기 위한 운동의 중요성을 깨달았다.

할머니께서 건강하게 오래 사셔서 산길을 걸으며 내 푸념을 듣고 늘 내 편을 들어주셨으면 하는 바람이다. 덤으로 살까지 빠진다면 더할 나위 없겠다.

옥상 위의 푸른 정원, 나만의 안식처

이미지

"…… 내가 관찰한 하늘은 모양도 색깔도 참 가지각색이다. 구름 한 점 없이 높고 푸른 하늘, 뭉게구름이 느리게 흘러가는 하늘, 하늘을 빨갛게 물들이는 노을 등……. 요즘엔 중학생 때처럼 낮 시간의 맑은 하늘을 보는 일이 드물다. 학교에서 대부분의 시간을 지내다보니 주로 야자를 마치고 학교에서 나오는 길에서야 하늘을 한 번 쳐다보게 된다. 그래서 밤하늘의 별자리를 많이 본다."

- 본문 중에서

창밖으로 푸른색이 보인다. 집 뒷문을 열고 옥상으로 올라간다. 심호흡을 한 번 크게 하고 고개를 들어올린다. 현실에서 벗어나 자연적이고 청아한 새로운 세계, 푸른 정원에 도달했다. 눈으로 보고 마음으로 느낀다. 마음속의 검은색을 모아서 버리고 푸른색을 가득 담아서 내려온다. 이렇게 나와 하늘과의 소통이 이루어진다.

중학생 때 어머니와 일명 '하늘보이나 운동'-사실 정확한 명칭은 등배운동이지만 어머니께서 내가 어렸을 때부터 이 말을 자주 쓰셔서 나에게는 이 말이 더 익숙하다-을 자주 했었다. 내가 시험기간이나 힘든 일을 겪고 기운이 없어 보일 때면 어머니께서 나를 옥상에 데려가서서 이 운동을 해주셨다. 두 사람이 서로 등을 맞대고 팔을 교차해서 두른 다음, 상대방을 하늘이 보이게 위로 들어 올려주는 아주 간단한 운동. 어머니와 이 운동을 하면서 하늘을 자주 쳐다보게 되었다. 아마 그 때부터 내가 옥상에 올라가 하늘을 쳐다보는 버릇이 생기게 된 것 같다.

이 세상에 살고 있는 사람이라면 어느 누구나 매일, 지겨울 정도로 보는 하늘이지만 나에게 있어서는 좀 특별한 존재다. 중학생 때부터 지금까지 쭉 하늘은 어머니의 품과 같이 포근한 안식처였다. 시험기간에 스트레스 받을 때, 친구와 다투고 상처 받았을 때, 이유도 없이 갑자기 슬퍼질 때, 옥상으로 올라가면 마음속의 모든 아픔들이 가라앉았다. 하늘이 나에게 위로의 말을 건네주는 것도 아니지만 보는 것만으로도 마음이 편안해 진다. 쳐다보는 것만으로도 마음이 편안해 진다고 하면 내가 느끼는 느낌을 1%도 제대로 표현하지 못하는 것이지만 달리 어떤 식으로 이 느낌을 표현할 수 있을까?

하늘을 쳐다보고 있으면 나는 한없이 작은 존재가 된다. 내가 가지고 있는 근심 걱정들, 마음에 상처를 주고 끊임없이 나를 괴롭히고 아프게 하는 일들, 이 모든 것들이 하늘 아래에서는 정말 아무것도 아닌 사소한 일이 되어버린다. 내가 쓸데없이 과대 망상적으로 부풀리고 걱정해 오던 일이 살아가면서 겪게 될 수많은 일 중 한 낱의 티끌에 지나지 않을 것이라는 사실을 알게 되면 마음이 평온해지기도 하지만 오히려 너무 허탈할 때도 있었다.

내가 무엇 때문에 하루하루를 전쟁을 치르듯이 보내면서 아둥바둥 살아왔는지에 대해 회의가 들었기 때문이다. 사람들은 왜 이렇게 갑갑한 생활을 살아가야 할까? 사람들이 추구하는 최후의 목표가 무엇일까? 나는 무엇을 위해 이토록 힘들게 살아가는 것일까? 하늘을 보면서 이런 것들에 대해 고민하고 많은 생각을 하게 되었다. 정확한 답을 찾지 못했지만 끊임없이 흐르는 하늘처럼 나의 인생도 여기서 멈추지 않고 계속 흘러가게 될 것이라는 사실을 깨닫게 되면서 마음의 위안을 얻었다.

내가 관찰한 하늘은 모양도 색깔도 참 가지각색이다. 구름 한 점 없이 높고 푸른 하늘, 뭉게구름이 느리게 흘러가는 하늘, 하늘을 빨갛게 물들이는 노을 등……. 요즘엔 중학생 때처럼 낮 시간의 맑은 하늘을 보는 일이 드물다. 학교에서 대부분의 시간을 지내다보니 주로 야자를 마치고 학교에서 나오는 길에서야 하늘을 한 번 쳐다보게 된다. 그래서 밤하늘의 별자리를 많이 본다. 봄부터 겨울까지의 밤하늘을 보면서 새로 알게 된 사실은 겨울철에 별자리가 정말로 선명하고 밝게 보인다는 것이다. 야자를 하고 평소보다 몇 배로 더 지쳐 있던 적이 있었는데 집 대문을 열다가 문득 보게 된 하늘에 별자리가 정말 밝게, 너무나 밝게 반짝이고 있었다. 마음 속 안개가 싹 걷히는 기분이었다. 그때의 느낌은 정말 잊을 수 없다. 다시 여름이 다가 오면서 별자리가 조금씩 희미해져 가고 있다.

친구들과의 관계, 부모님과의 다툼, 시험, 진로……. 평생 동안 해야 할 고민을 지금 다 떠맡고 있다는 생각이 든다. 이런 나에게 기대고 의지할 수 있는 존재가 항상 나의 바로 곁에 있다는 사실이 얼마나 위안이 되는지 모른다. 항상 같은 자리에서 듬직하게 자리를 지키고 있는 하늘이 고맙다. 다른 곳으로 이사를 가게 되더라도 이 집 옥상의 푸른 정원은 절대로 잊지 못할 것이다. 오늘도 하늘은 푸르게 빛나고 있다.

불구덩이 속에서 후회해봤자 뜨거울 뿐이다

김은지

"...... 사시사철 푸르지만 이 시점 더 푸른 것 같은 소나무, 공원마다 높이 솟아오르는 분수, 또 그곳에서 온 몸이 흠뻑 젖은 채 노는 아이들. 평화로운 여름의 풍경. 이것은 여름의 단편적인 모습에 지나지 않는다. 지금 우리는 기름에 불붙은 지구 위에서 산다고 생각하면 딱 맞을 것이다. 이 말대로 지구는 이미 불타오르고 있으니까."

- 본문 중에서

내가 서 있는 이곳이 과연 지구인가 불구덩이인가. 내 앞에 비참하게 말라 죽어있는 지렁이를 보고 있자니....... 아, 뜨겁다. 오늘이야말로 나를 녹여 버리려는지 태양은 내 머리 위에서 온갖 힘을 다해 열을 내뿜고 있다. 어제까지는 분명 이렇게 덥지 않았는데....... 지금 떠 있는 저 태양이 어제의 그 태양이 맞는 걸까. 게다가 아직 6월도 되기 전이다. 에어컨의 계절이 일 년도 채 안 되어 돌아왔다.

지난 50년 간 보름이나 앞당겨지고 20일 정도가 늘어난 여름. 지난 30년 간 1.2도 상승한 지구 온도. 4개월 동안 우리는 이 찜통 더위에서 살아야 한다. 아마 그 4개월 동안 우린 선풍기와 에어컨의 노예로 살아가겠지. 학교를 가면 아침부터 교실에 선풍기가 틀어져 있다. 그래도 아침은 꽤 시원한 편인데. 아마 유난히 더위를 타는 친구가 있나 보다. 우리가 하루 종일 학교에서 하는 것이라곤 손 움직이기. 그러니 더운 것을 크게는 느끼지 못한다. 하지만 정말 한여름이 되면 그마저도 덥겠지. 점심시간이 되면 우린 햇볕이 강렬히 내리쬐는 길을 지나 급식소로 가야 한다. 가는 동안 푸른 잎이 무성한 큰 나무가 몇 그루 있다. 그러면 아이들은 나무 아래 그늘진 곳만을 골라 걸어간다.

이렇게 더위는 안 움직이거나 피하면 된다. 하지만 우리를 정말 미치게 하는 것은 따로 있다. 야자 시간에 공부를 하다 보면 위에서 무언가가 계속 뚝뚝 떨어지는데 내가 열심히 공부한 흔적의 위로 떨어진 것들은 바로 하루살이. 나의 자리가 창가 쪽이고 바로 위에 전등이 있는 탓에 유난히 많이 몰려드는 것 같다. 정말이지 갑자기 툭 하고 떨어질 때는 간이 내려앉을 것만 같다. 끝도 없이 떨어지는 벌레에 어쩔 수 없이 교실에 하나 장만해 둔 모기 살충제를 창문 구석구석에 분사한다. 그러면 그 독한 냄새에 아이들의 불만이 소곤소곤 날아온다. "아, 냄새!", "말 좀 하고 뿌리지. 냄새 너무 독하다.", "야, 이제 고만 뿌려~" 그렇다고 해서 나도 할 말이 없는 건 아니다. "니들도 창가 자리에 앉아 봐야 해." 이렇게 약을 뿌려놓고 창문틀을 보면 하루살이뿐 아니라 온갖 벌레들의 시체가 쌓여 있다. 대체 어디로 들어온 걸까. 아무래도 방충망 구멍이 큰 탓이겠지. 또 그 벌레 시체들을 교무실에서 빌려온 청소기로 모두 빨아들여야 한다. 그대로 두었다간 더워서 창문을 열었을 때 대참사가 일어날 것이 뻔하므로.

여름은 정말이지 여러 모로 귀찮은 계절이다. 그런데 더 당겨지고 연장되다니. 낭패가 아닐 수 없다. 각종 피서 지역과 워터파크 회사들만 얼굴이 펴지겠구나. 안 그래도 짧았던 봄은 더 짧아만 지고. 그래봤자 우리 고등학생들에게 봄은 단지 시험기간일 뿐이니…… 고3이 되기 전 마지막 꽃놀이라도 가기 위해 '올해엔 꼭 꽃놀이를 가리라!' 하고 마음먹었던 나의 꿈은 역시 헛된 것이었다. 특히 이번 벚꽃은 유난히 짧았고 개나리나 유채꽃 등도 일찍 졌다. 이런 것이 모두 지구 온난화의 영향인데, 아무런 대책도 없이 우린 여름, 여름, 여름, 겨울의 두 계절로 변화하는 것을 보고만 있어야 하는가. 사실 정부에서 실내온도를 28도 이상으로 정해 놓았지만 과연 얼마나 많은 사람들이 그것을 지키고 있을까.

사시사철 푸르지만 이 시점 더 푸른 것 같은 소나무, 공원마다 높이 솟아오르는 분수, 또 그곳에서 온 몸이 흠뻑 젖은 채 노는 아이들. 평화로운 여름의 풍경. 이것은 여름의 단편적인 모습에 지나지 않는다. 지금 우리는 기름에 불붙은 지구 위에서 산다고 생각하면 딱 맞을 것이다. 이 말대로 지구는 이미 불타오르고 있으니까. 우리 인간들은 단순히 눈에 보이는 것만을 알기 때문에 온난화의 심각성을 인식하지 못하고 있는 것 같다. 지구 온도 1.2도 상승? 그 정도로 무슨 일이나 나겠어? 이렇게 생각하고 있는 사람들이 대다수일 것이다. 그 사람들에게 '지구 온난화를 예방하기 위해 우리가 할 수 있는 일이 무엇일까?'하고 물었을 때 대부분이 '가까운 거리는 걸어서 이동한다. 또는 에어컨보다는 선풍기를 사용한다. 이런 것은 초등학생도 아는 기본 중의 기본이지.' 뭐 이런 식의 대답을 할 것이다. 하지만 정작 자신은 그런 기본적인 것마저 실천하지 않고 있다는 것을 우리는 자각하지 못하고 있다. 나는 더 이상 길가에 말라죽은 지렁이와 개구리가 늘어나는 것을 보고 싶지 않다. 이러는 와중에도 어딘가에서는 에어컨을 켜니 마니의 문제로 갈등이 빚어지고 있겠지만.

누렁이를 위하여

"어떤 나라의 위대함과 도덕성은
그 나라가 동물을 대우하는 방식에서 찾을 수 있다." - 간디

임소현

"……신호등이 바뀌기 전까지 계속 강아지 두 마리를 관찰하던 내가 잠깐 어머니와 이야기를 하던 찰나였다. 보도로 작은 봉고차가 올라오더니 순식간에 하얀 강아지를 덮쳤다. 그것은 말릴 수도 없는 정말 순식간에 일어난 일이었다. 사람들의 입에서 터지던 비명들이 들렸고 나는 아직도 그 강아지가 질렀던 울음소리를 기억한다."

- 본문 중에서

잠이 쏟아지는 0교시, 몽롱한 1교시를 지나 이제 슬슬 정신이 드는 2교시 한문시간, 필기 속도가 느린 나는 열심히 한문 선생님께서 판서해 주시는 것을 적으며 동영상을 보여주겠다는 선생님 말씀에 아직 덜 적은 필기를 부랴부랴 적으며 선생님이 틀어주시는 동영상으로 눈을 돌렸다. 선생님들의 단골 동영상인 지식채널e였다. 제목이 아마 '누렁이를 위하여'였을 것이다. 그 동영상을 보면서 문득 나의 어린 시절이 떠올랐다.

어릴 적 나는 동물을 무척 좋아했다. 강아지, 고양이는 물론이고 뱀, 호랑이, 사자 심지어 하이에나 등등 별의별 동물을 좋아한다고 엄마에게 구박까지 받을 정도였다. 오죽하면 그 어린 나의 장래희망이 동물 사육사였을까. 그렇다 보니 그 시절 내 하루 일과는 어머니에게 동물을 키우고 싶다고 졸라대는 일이었다. 어떤 동물이든지 상관없었다. 그저 그냥 동물이 너무나 키우고 싶었다. 하지만 지금도 나를 고생시키는 비염이라는 병을 들먹거리며 어머니는 쉬이 허락해 주시지 않으셨다. 그럼 털이 없는 것을 키우면 되지 않느냐는 어린 딸의 보챔에 한번쯤 넘어가 줄 법도 한데 어머니는 끝까지 단호했다. 언제부턴가 나도 안 된다는 걸 스스로 깨달았는지 더 이상 어머니에게 조르지 않았다.

어린 시절 누구나 이런 추억이 있을 것이다. 학교를 마치고 집으로 돌아오던 길, 교문에 조그마하고 노랗던 병아리를 팔던 아저씨. 그곳에서 삼삼오오 모여 '삐악삐악' 거리던 병아리를 바라보던 아이들. 아마 내 생애 처음으로 사 본 동물이었을 것이다. 아이스크림을 사 먹으려고 어머니에게 받은 500원을 손에 꼭 쥐고 아저씨에게 병아리를 사 왔었다. 그 날은 어머니에게 엄청나게 혼이 났던 걸로 기억한다. 결국에는 어딘가로 데려가 없어져버린 병아리를 보며 엉엉 울던 나에게 어머니는 아는 분에게 병아리를 맡겨놨으니 나중에 그 병아리가 닭이 되면 보러 가자는 말씀을 했다. 지금 생각해 보면 터무니없는 거짓말이었음에도 불구하고 나는 믿을 수밖에 없었다.

몇 년 전 어머니와 함께 시내, 정확히 말하면 신한은행 사거리에서 횡단보도를 건너기 위해 신호등이 빨간불에서 파란불로 바뀌기를 기다리고 있던 중이었다. 나와 사람들 주위에서 딱 봐도 유기견인 강아지 두 마리가 같이 다니는 친구인 듯 꼬리를 살랑거리며 돌아다니고 있었다. 그 두 마리는 잃어버린 건지 버려진 건지 모르겠지만 옛날에는 주인이 있었던 듯 목줄이 있었다. 한 마리는 털이 무성하게 자라 하얗던 털은 회색이다 못해 검은색이 되어 가고 있었고 남은 한 마리는 유기견이 된 지 별로 안 된 것 같았다. 예나 지금이나 동물을 좋아하는 나는 관심을 보였고 예나 지금이나 동물을 싫어하는 어머니는 진저리를 치셨다.

신호등이 바뀌기 전까지 계속 강아지 두 마리를 관찰하던 내가 잠깐 어머니와 이야기를 하던 찰나였다. 보도로 작은 봉고차가 올라오더니 순식간에 하얀 강아지를 덮쳤다. 그것은 말릴 수도 없는 정말 순식간에 일어난 일이었다. 사람들의 입에서 터지던 비명들이 들렸고 나는 아직도 그 강아지가 질렀던 울음소리를 기억한다. 몇 번을 꿈틀대던 그 하얀 강아지의 몸부림은 어느 순간 멈추었고 남은 한 마리 개는 움직이지 않는 그 하얀 개 주위를 돌며 그 개를 핥았다. 그길로 나는 어머니 손에 이끌려 신호등을 건넜고 그 개들이 어떻게 되었는지 아직까지도 알지 못한다.

티베트의 망명정부가 있는 북인도의 다람살라엔 주인 없는 개들이 즐비하지만 특별히 사람을 경계하거나 삐쩍 말라있지도 않다고 한다. 그 이유는 주인이 없어도 모두가 돌보기 때문이었다. '누렁이를 위하여'에서 이런 구절이 나온다.

"이제는 우리도 작은 생명 하나에 담긴 온 우주를 볼 수 있다면 좋겠습니다. 동물은 아주 오래 전부터 지구를 함께 나눠 쓰고 있는 소중한 동반자입니다. 동물보호 운동이 얼마나 큰 일을 해낼 수 있을지 알 수 없지만 저의 작은 움직임이 누렁이를 구해줄 수 없어 힘들고 슬펐던 어린 시절의 나를 조금이나마 위로할 수 있을 것 같습니다." 이 구절에서 얼핏 그 하얀 강아지의 울음소리가 들려오는 듯했다.

나는 '누렁이를 위하여'에 나오는 사람처럼 동물보호 운동에 참가하여 동물들을 위해 싸울 자신은 없다. 그저 사람들이 지금 키우고 있는 작은 생명이 귀찮다는 이유로 힘들다는 이유로 쉽게 포기하지 말았으면 한다. 부디 그 작은 생명들이 '애완동물'이 아닌 '반려동물'이 되기를 바랄 뿐이다.

끝없는 영원한 여행
- 제주도 기행

옥차형

"…… 조금이나마 깨달은 진리는 '목표'와 '함께'의 가치였다. 너무 힘들어서 포기하고 싶을 때마다 나를 붙잡아 준 것은 두 가지였다. 하나는 백록담, 즉 정상 그 자체였다. 다른 것은 친구들이었다. 함께 갔기에 정상까지 갈 수 있었다. '혼자 가면 빨리 가지만 함께 가면 멀리 간다.' 라는 말의 진실을, 나는 깊게 느꼈다……"

- 본문 중에서

「여행은 경치를 보는 것 이상이다. 여행은 깊고 변함없이 흘러가던 생활에 대한 생각의 변화이다. - Miriam Beard」

'여행 시간은 여행 가기 전의 설렘과 갔다 온 후의 후유증까지 포함하는 시간'이라는 글귀를 읽은 적이 있다. 그렇다면 나에게 이번 수학여행은 3박 4일이 아니라 배로 긴 시간이었다. 중간고사 이전부터 괜히 들떠있었고 (애석하게도 이것이 시험 결과에 살짝 영향을 미쳤다.) 그리고 이번 여행이 나를 영원히 변화시킬 것 같기 때문이다.

짧은 시간 동안 정신없이 많은 곳을 방문했고, 많은 것을 겪었다. 그 중 가장 의미 있던 경험에 대해 몇 자 기록하려 한다.

뭐든지 '처음'은 항상 설레고 의미 있기 마련이다. 나는 이번에 처음으로 공항에 가 봤고 비행기도 처음으로 타 봤다. '처음'에 걸맞게 꽤나 잊을 수 없는 경험을 했었다. 검색대를 지나가려는데 갑자기 가방 검사를 하겠다는 것이었다. 당황한 나는 아무 말도 못하고 가만히 있었고 직원이 손수 가방을 열어보았다. 잠시 뒤적거리니 필통에서 칼이 나왔다. 미처 생각지 못한 상황이었기에 상당히 당황스러웠는데, 결국 칼을 버리고 탑승했다. 왠지 몰라도 얼굴이 계속 화끈거렸고 비행기가 떠오르기 시작하자 그 일을 겨우 잊을 수 있었다. 대신 '아 내가 하늘을 나는구나'라는 생각에 가슴이 벅차올랐다. 막 환호성을 질러댔는데 승무원을 비롯하여 주변의 모든 사람들이 한심하다는 눈빛으로 나를 바라보았다.

만약 비행기를 탄다면 촌스럽게 소리 지르지 말아야겠다고 평상시 생각해왔었는데 막상 직접 타니 소리를 지름으로써 기쁨을 표출할 수밖에 없었다. 그래도 다른 이들의 싸늘한 시선을 마주하니 잠시 주눅이 들었지만 오기라고나 할까, 지금의 나는 비록 검색대에서 바보같이 굴고, 비행기를 처음 타서 비명 질러대는 촌놈에 불과하지만, 커서는 나의 꿈을 실현해 성공해서 지겨울 정도로 비행기를 타고 다니겠다고, 어릴 때부터 해외를 들락거린 애들보다 배로 잘 될 거라고 굳게 마음을 먹었다.

잠시 후 구름이 아래로 깔리자, 자연히 라이트 형제가 생각났다. 이 형제 이전에도 수많은 사람들이 하늘을 날아보고자 했을 것이다. 하지만 꿈을 실행에 옮겨 끊임없이 노력한 건 라이트 형제뿐이었고, 결국 인류의 역사에 엄청난 발자취를 남겼을 뿐만 아니라 나를 하늘로 올려 보내주었다. 어릴 때부터 지겹도록 읽어온 위인들 이야기 중 하나가 라이트 형제인데, 처음 읽은 지 십 년 이상이 지난 지금에서야 그들이 나의 가슴에 진정으로 들어왔다. 실패를 두려워하지 않는 용기, 꿈과 이상을 향한 열정, 그리고 도전. 비행기가 더 이상 단순한 교통수단으로만 느껴지지 않는 순간이었다.

해발고도 1950m. 한라산의 해발고도이자 내가 직접 발을 대고 서 본 최고 높이이다. 이번 수학여행의 하이라이트이자 백미는 당연히 한라산 등산이었다. 어릴 적에는 부모님 따라서 몇 번 산을 오르곤 했는데, 커서는 전혀 하지 않았다. 그런데도 한라산을 오르겠다고 덜컥 마음을 먹었으니 어쩌면 참 무모했던 것 같다. 하지만 최근 무기력증에 허우적대던 참이었다. 하나라도 해내서 나 자신에게 떳떳하고 싶었다.

이번 등산은 단순한 산 오르기가 아니었다. 평생을 살아도 모를 인생의 진리를 약간은 깨달을 수 있었으며, 살아있음의 기쁨과 삶에 대한 감사, 덕목 등을 알게 되었다. 그리고 나 자신에 대해 통찰을 할 수 있었다.

조금이나마 깨달은 진리는 '목표'와 '함께'의 가치였다. 너무 힘들어서 포기하고 싶을 때마다 나를 붙잡아 준 것은 두 가지였다. 하나는 백록담, 즉 정상 그 자체였다. 아무 생각 없이 발만 옮겼다면 결코 끝까지 갈 수 없었을 것이다. 목표가 있었기에 힘든 것을 견딜 수 있었던 것이다. 다른 것은 친구들이었다. 함께 갔기에 정상까지 갈 수 있었다. '혼자 가면 빨리 가지만 함께 가면 멀리 간다.'라는 말의 진실을, 나는 깊게 느꼈다.

한라산 등산이 힘들지 않았다면 거짓말일 것이다. 아니, 솔직히 정말 힘들었다. 그런 극한 상황 속에서의 물 한 모금, 짧은 휴식, 스쳐가는 바람, 한 끼 식사 등이 얼마나 반갑고 고마웠는지 모른다. 당시의 처절했던 마음과 주변의 사소한 것들이 얼마나 귀중한지를 잊지 않기로 다짐했다.

마침내 정상에 발을 올려놓았을 땐, 눈물이 나올 것만 같았다. 산을 정복한 게 아니라 나를 정복하여 나를 완성한 것 같았다. 내가 해냈다. 노력한 만큼, 드디어 원했던 결과가 나왔다. 내 앞에서 드디어 당당하게 외칠 수 있을 것 같았다.

이게 나야.

한라산 등산엔 꿈이 있었고, 준비가 있었고, 우정이 있었고, 열정이 있었고, 사색이 있었고, 쾌감이 있었고, 휴식이 있었고, 좌절이 있었고, 고통이 있었고, 극복이 있었다. 모두가 원할지도 모르는 또 다른 순수한 삶이 있었다. 어쩌면 등산은 인생의 축소판일지도 모른다는 생각이 들었다.

이번 수학여행은 일상으로부터의 영원한 탈출이 아니었다. 좀 더 새로워진 나를 만나는 통로였으며, 넓어진 시야와 마인드, 그리고 가득 충전된 에너지를 가지고 일상으로 돌아오게 해 주는 것이었다. 그것도 아주 멋지게 말이다.

정말 어쩌면, 이번 수학여행은 아직도 진행 중이고, 끝없는 영원한 여행이라고 하는 게 옳을 것이다.

6부. 널 좋아해

- 예술, 문화

수학과 음악 정유정

널 좋아해 최소라

내가 화가인지 화가가 나인지 최윤지

LP와 턴테이블 차가영

비가 오면 생각나는 노래 신뉴빈

알고 보자, 예술 정아영

일회용 음악 원지수

눈이 아닌 가슴으로 느끼기 위해 김지혜

수학과 음악

정유정

"……겉으로는 아무렇지도 않은 척 지내왔지만 속은 많이 문드러져 있던 어느 날 한줄기 빛처럼 피아노가 내 눈에 들어왔다. 힘들었던 시간을 피아노로 이겨냈던 지난날들이 파노라마처럼 떠올랐다. 달콤한 기분에 눈을 떠보니 어느새 피아노 앞에 앉아 건반을 두드리고 있었다. '음악이 나를 잊은 것이 아니라 내가 음악을 잊고 있었던 것이다' 라고 느낀 순간 뭐라 형용할 수 없는 희열이 느껴졌다……"

– 본문 중에서

오디오를 켜고 CD를 재생시킨다. 그리고 스피커를 타고 흘러나오는 아름다운 선율. 클래식 음악을 들을 때면 항상 느끼는 것이지만 마법사가 지팡이로 마법을 부리듯 '도레미파솔라시도'의 간단한 음으로부터 사람의 마음을 울고 웃게 만들 수 있는 음악이 탄생한다는 것이 신기하지 않을 수가 없다. 음악에 어떤 마법을 걸기에 아름다운 선율을 만들어 낼 수 있는 걸까.

그러다 알게 된 음악의 비밀. 음악에 거는 마법의 비밀은 바로 수학이었다. 붉은색과 푸른색을 붙여놓으면 서로 상반되는 색이어서 이상할 것 같지만 태극 문양처럼 잘 어울리기도 한다. 이렇듯 아름다운 선율을 자랑하는 음악과 딱딱한 수학은 전혀 어울릴 것 같지 않아 보인다. 하지만 음악 역사의 1막 1장에는 수학자가 등장한다. '만물은 수학이다'라고 주장했던 피타고라스는 음정이 '수'의 지배를 받는다는 사실을 발견했다. 피타고라스는 음의 높이는 현의 길이에 반비례한다는 원리를 밝혀내었고, 이 원리로 음계를 정리하였으며 그것이 현재 서양 음악에서 사용되고 있는 8음계의 시초가 되었다.

특히 바흐의 곡은 음악이 수학과 밀접한 관련이 있음을 보여주는 최고의 '예'이다. 피타고라스가 수학과 음악의 관계를 처음 발견했다면 바흐는 그것을 증명했다고 할 수 있다. 게다가 바흐의 곡은 아이들의 EQ향상에도 도움을 준다고 알려져 있다.

그래서일까. 딸아이를 가진 어머니들에게 최고의 로망은 바로 피아노이다. 친구들과 이야기해 보면 피아노를 배우지 않은 이가 거의 없는 것 같다. 여자아이라면 누구나 한 번쯤은 거쳤을 피아노의 세계. 인내와 노력으로 하농, 체르니 등등에 마침표를 찍게 되면 자신이 치고 싶은 곡에 도전할 용기가 생기게 된다.

나의 어머니께서도 여느 어머니들과 다르지 않으셨다. 내가 피아노 건반을 처음 누르게 된 건 초등학교 2학년 때. 어머니의 손을 잡고 피아노 학원으로 첫 발을 내딛던 모습이 한 장의 사진처럼 선명하게 떠오른다. 솔직히 피아노의 첫인상은 그리 좋지 않았다. 어린 나이에 피아노가 얼마나 무섭게 느껴졌던지 그 앞에 앉아 있으면 피아노 뚜껑이 열리고 뭔가가 튀어나올 것 같은 느낌에 긴장이 온 몸을 타고 흘러 뻣뻣하게 굳어서 피아노를 치곤했다. 꼬물꼬물 고사리 같은 손으로 건반을 다 익히고 나서 내가 연주했던 생의 첫 곡은 바로 '비행기'. 계 이름 4개만 알면 누구나 칠 수 있는 곡이지만 나에겐 큰 감동을 전해준 곡이다. 피아노를 배우고 처음으로 그 재미에 푹 빠지게 해 주었고, 그 마음이 피아노를 배우기 힘들 때마다 견뎌내고 앞으로 나아갈 수 있게 해 준 원동력이 되었다. 눈을 보면 좋다고 방방 뛰어다니는 강아지 같은 마음으로 피아노를 배웠다.

피아노를 배우는 것이 힘들어 울기도 하고 1년 동안 학원을 관두기도 했지만 자석에 끌리듯 다시 피아노 학원 문을 두드렸다. 하지만 중학교에 진학하고부터는 학원을 관두게 되었다. 좋은 고등학교에 들어가기 위해 보다 학과 공부에 집중해야 했기 때문이었다. 힘들고 지칠 때면 어김없이 피아노를 치고 싶은 마음이 나를 찾아 왔다. 그렇게 한두 곡 치고 나면 스트레스도 풀리고 공부에 더 집중할 수 있게 되었다.

경주여고에 입학하고 처음으로 겪는 야간 자율학습으로 인해 집에만 가면 눈이 저절로 감겨졌다. 그렇게 피아노에 쏠리던 관심이 서서히 줄어들었고, 자연스레 멀어지게 되었다. 1년이 지난 지금 나는 이과를 선택한 2학년이 되었다. 요즘은 수학으로 인한 스트레스 때문에 악몽을 꾼 적이 여러 번 있다. 지독히도 못된 수학 귀신이 붙은 것 같았다. 고등학교에 입학하기 전부터 여학생들은 수학 때문에 발목 잡힌다는 말을 많이 들어왔기에 나름대로 열심히 했지만 부족했던지 성적이 오르지 않았다. 앞으로 배워야 할 내용은 더 많은데 성적은 오르지 않는 이러한 상황으로 인해 사막 한가운데 내던져진 것처럼 가슴이 답답해져 왔다.

겉으로는 아무렇지도 않은 척 지내왔지만 속은 많이 문드러져 있던 어느 날 한줄기 빛처럼 피아노가 내 눈에 들어왔다. 힘들었던 시간을 피아노로 이겨냈던 지난날들이 파노라마처럼 떠올랐다. 달콤한 기분에 눈을 떠보니 어느새 피아노 앞에 앉아 건반을 두드리고 있었다. '음악이 나를 잊은 것이 아니라 내가 음악을 잊고 있었던 것이다'라고 느낀 순간 뭐라 형용할 수 없는 희열이 느껴졌다. 그 날 이후 힘들고 지칠 때면 습관처럼 피아노 앞에 앉게 되었다. 한참 동안 내가 좋아하는 곡들을 연주하다 보면 어느 새 스트레스는 날아가고 새로운 힘과 의욕이 솟았다.

항상 나에게 큰 힘이 되어주는 음악과 지금 나를 괴롭히고 있는 수학. 나의 손으로 연주하는 음악을 자주 듣지는 못하지만 대신 수학을 그만큼 더 열심히 하자고. 어쩌면 나는 늘 들리지 않는 아름다운 선율에 둘러싸여져 있었던 것일지도 모른다.

널 좋아해

최소라

"…… 가끔씩 나의 곁에 항상 음악이 있어서 정말 다행이라는 생각을 한다. 내가 음악으로 인해 안정된 삶을 살아가고 있듯이 다른 사람들도 각자의 마음의 안식처를 하나쯤은 가지고 있을 것이다. 그리고 천천히 쉬어갈 곳이 있다는 사실 하나만으로도 행복할 것이다. 나는 첼로 같은 사람이 되고 싶다. 같이 있으면 항상 편안하고, 감정을 잘 이해해 주고 이야기도 잘 들어 주는 그런 사람!"

- 본문 중에서

음악! 내가 진짜로 순수하게 좋아하는 것은 음악이다. 내게 음악이란, 태어날 때부터 늘 내 주위를 맴도는 공기 같은 것이다. 음악을 무척 사랑하시는 아버지 덕택에 태어날 때부터 지금까지 크는 동안 하루라도 음악을 듣지 않은 날이 없었던 것 같다. 집에서나, 차에서나 항상 음악을 들으면서 자랐다. 아침에는 음악을 들으면서 잠에서 깨어났고, 공부할 때도, 자기 직전, 아니 자면서까지도 음악은 내 귀에 쏙쏙 들어왔다. 솔직히 공부할 때는 아주 쬐~끔 시끄럽지만… 음악은 나에게 소중한 존재이다.

아마도 나는 태어날 때부터 음악과는 뗄래야 뗄 수 없는 운명이었던 것 같다. 음악과 함께 한 시간들만큼 악기를 연주한 시간들도 많았는데, 오빠가 바이올린을 배우는 모습을 보고 바이올린을 배우고 싶다고 졸라서 배웠다가 농땡이 부려서 혼난 적도 많고, 피아노 학원에 가기 싫다고 땡깡 부리다가 혼난 적도 많다. 지금 생각해 보면 참... 부끄럽고 한심한 과거지만, 그 당시에는 정말 하기 싫었다.

그러나 그때 유일하게 내가 좋아하는 악기가 있었는데, 그것은 바로 '첼로'이다. 첼로는 그 음색이 짙고 오묘해서 사람들을 편안하게 만들어 주어 상처받은 마음을 치유해 주는 고마운 악기이다. 첼로를 연주하면 뭐랄까, 물속에서 편안하게 헤엄치는 느낌?! 아무튼 첼로 소리에는 말로 형언할 수 없는 기묘한 떨림이 있다.

내가 첼로를 배우게 된 데는 아버지의 영향이 컸다. 내가 어렸을 때, 아버지는 첼로를 배우셨다. 나는 아버지께서 어떤 것을 배운다는 사실 자체가 무척 신기했다. 그 당시 아이였던 내 눈에는 완벽해 보였던 어른이 어떤 것을 배운다는 것이 신기했던 것 같다. 그리고 첼로에서 나오는 마음을 홀리는 짙고 깊숙한 소리에서 헤어나올 수 없었다. 나는 매일 아버지의 옆에 앉아서 아버지께서 연주하시는 소리를 들었다. 그리고 엄청난 호소 끝에(이미 바이올린을 배우고 싶다고 했다가 농땡이 친 전적이 있었기 때문에...) 첼로를 배울 수 있게 되었다.

처음에는 활 잡는 것조차 어려워서 다 때려치우고 싶었지만, 하루 하루 지나며 더 나아지는 나의 모습이 자랑스럽고, 잘한다는 선생님의 칭찬에 점차 첼로를 배우는 일이 즐거워졌다.

원래 나는 어떤 일을 할 때 집중을 잘하지 못하는데, 첼로를 연주할 때만큼은 나의 모든 정신과 마음은 연주하는데 집중한다. 더불어 첼로를 연주하면서 내 맘 속에 쌓인 스트레스와 짜증, 화 등의 감정을 해소할 수 있다. 첼로는 신기하게도 마음을 차분하게 만들어주고 감정을 누그러뜨려 준다.

또 좋은 점은 첼로의 소리가 연주자의 심리상태를 나타내 준다는 것이다.나는 첼로를 켤 때 자유롭게 나의 감정을 표현한다. 그래서 나는 정말 슬플 때, 집안의 불을 다 꺼놓고 첼로를 꺼내 슬픈 곡조의 음악을 연주하면서 나만의 시간을 가진다. 그러면 왠지 첼로가 나의 슬픈 감정을 대신 전해 주는 것 같고, 자신이 대신 슬퍼해 줄 테니까 더 이상 슬퍼하지 말라고 위로 해 주는 것 같아 늘 고맙다.

나는 지금 경주시 청소년 오케스트라에서 첼로를 연주하고 있다. 나는 모든 악기들이 어우러져 하나의 아름다운 하모니를 만들고, 그것을 듣고 행복한 표정을 짓는 사람들을 보며 보람을 느낀다. 그것을 보며 나는 일상에서, 학교에서, 또 다른 무언가로부터 받은 스트레스, 고생들을 보상받는다.

가끔씩 나의 곁에 항상 음악이 있어서 정말 다행이라는 생각을 한다. 내가 음악으로 인해 안정된 삶을 살아가고 있듯이 다른 사람들도 각자의 마음의 안식처를 하나쯤은 가지고 있을 것이다. 그리고 천천히 쉬어 갈 곳이 있다는 사실 하나만으로도 행복할 것이다. 나는 첼로 같은 사람이 되고 싶다. 같이 있으면 항상 편안하고, 감정을 잘 이해해주고 이야기도 잘 들어 주는 그런 사람! 만약 곁에 기댈 곳 하나 없이 위태로워 보이는 사람을 발견한다면 나는 주저 없이 첼로 같은 사람이 되어 주리라!

내가 화가인지 화가가 나인지

최윤지

"…… 전시회에서 처음 느낀 그 설렘을 안고 항상 이 마음 그대로 그림을 그린다면 무엇이든 막힘없이 표현할 수 있을 것 같은 기분이 들었다. 마치 생각하는 대로 모든 걸 그릴 수 있는 신비한 붓을 가진 것처럼 남들은 가지지 않은 뭔가를 얻은 기분에 자꾸 신이 났다……"

- 본문 중에서

항상 고개를 푹 숙이고 오로지 그림만 그리던 계발활동 미술시간. 그 날은 왜 그랬는지 모르겠지만 고개를 들어 미술실 구석구석을 살폈는데 그때 내 눈에 들어오는 포스터가 있었었다. 제목은 '모네에서 피카소까지'라는 전시회였는데, 눈길을 끌던 포스터에는 예쁜 금발머리 소녀가 손을 모으고 웃고 있는 부드러운 화풍의 그림이 있었다. 한참을 멍하니 포스터만 바라보다가 나는 그냥 자연스레 체념하고 다시 그림에 몰두했다. 그도 그럴 것이 나는 올해 2월에 진로를 예체능계로 정하면서 주말을 전부 학원에서 보내야 했기 때문에 전시회를 간다는 것은 내겐 사치라고 해도 과언이 아니었기 때문이다.

전시회를 까맣게 잊은 지 며칠이나 지났을까, 아침에 등교하기 전 텔레비전을 보는데 또 나의 눈길을 끄는 뉴스가 나왔다. 저번에 보았던 '모네에서 피카소까지' 부산전 전시회가 절찬리에 열리고 있다는 것이었다. 순간 숨기고 있었던 내 마음을 누군가에게 들키기라도 한 듯 그 전시회에 가고 싶다는 생각이 간절하게 들었다. 그 날 이후부터 나는 전시회에 가기 위해 친구들을 모으고, 전시회에 갈 시간을 내기 위해 일정을 확인했다.

많은 친구들이 전시회에 가고 싶다며 관심을 표했지만 나는 항상 서로 격려하면서 그림을 그리는 우리 '창조의 아침' 미술학원 고2 예비반 친구들과 함께 가기로 결정했다. 하늘이 내 간절함을 알고 도와주신 것일까? 다행히 5월 21일 석가탄신일이 공휴일이었고 전시회도 공휴일이라도 정상 전시를 한다고 했다. 대학교 실기대회 시즌이라 정신이 없던 와중에도 나는 전시회에 갈 날만을 손꼽아 기다렸다. 그리고 드디어 21일 친구들과 부산시립미술관으로 향했다.

돌이켜 생각해 보아도 나는 그 날 전시장에 들어섰을 때의 설렘을 잊을 수가 없다. 매표소에서 9,000원을 주고 산 입장표를 내고 제1전시관에 들어서자마자 나는 그 분위기와 그림이 주는 웅장함에 압도되고 말았다. 약간 어두운 전시장 안, 멀리서 비춰지는 밝은 조명을 받아 빛을 발하는 수십 점의 명화들… 정말 하나하나 빠짐없이 내 가슴에 새기려 무진 애를 썼다. 정말 내가 화가인지 화가가 나인지 모를 만큼 말이다. 한 작품에서 너무 오래 머물러 사람들이 비켜가기도 했지만 나와 친구들은 아랑곳 않고 작품 감상에 집중했다. 멋진 작품의 붓 터치 하나라도 더 관찰하고 싶어 우리는 제1, 2 ,3 전시관으로 이뤄진 전시장을 약 세 바퀴 정도 돌았다.

그때 절실히 느낀 것이 사진과 실물은 다소 차이가 있다는 것이다. 아니, 다소라기보다 너무나 큰 차이가 있었다. 어떤 작품은 아예 판이하게 다른 느낌으로 다가오기도 했다. 항상 사진으로만 보던 명화를 실제로 대면하고 있자니 정말 가슴이 벅찼다. 내가 만약 전시회 포스터를 그냥 지나치고, 뉴스를 흘려들었다면 이런 기분을 느낄 수나 있었을까? 사진에서는 절대 느낄 수 없는 그림의 매력들이 있다는 걸 깨달을 수 있었을까?

정신없이 빠르게 배우며 지내는 만큼 우리가 여유를 잃었었나 보다 하며 전시회에서 돌아오는 길에 친구들과 이야기를 나누었다. 입시 미술을 하다 보면 솔직히 시간의 제한 때문에 빠르면서도 고도의 기술을 이용해 자신의 발상을 표현해야 한다. 그만큼 시간에 쫓기고 끌려가면서 원래 그래야 했던 것마냥 우리는 앞만 보며 시간에 맞춰 그림을 그렸던 것이다. 전시회에서 처음 느낀 그 설렘을 안고 항상 이 마음 그대로 그림을 그린다면 무엇이든 막힘없이 표현할 수 있을 것 같은 기분이 들었다. 마치 생각하는 대로 모든 걸 그릴 수 있는 신비한 붓을 가진 것처럼 남들은 가지지 않은 뭔가를 얻은 기분에 자꾸 신이 났다.

지금도 그때 전시회에서의 기억이 생생하다. 눈앞에 명화들의 살아있는 붓 터치와 색감들이 아른아른거린다. 나도 언젠가는 그 명화에 견줄 만한 걸작을 그리고 싶다. 내 그림으로 인해 많은 사람들이 지금의 나처럼 감명을 받고 그 마음을 간직하고 살았으면 좋겠다. 지금은 많이 부족하지만 배우고 또 배워서 꼭 이런 소망을 이루고 싶다. 내가 비록 수필로써 선생님을 감동받게 할 자신은 없지만 언젠가 내 그림으로써 선생님을 비롯한 모든 사람들을 감동에 빠뜨릴 자신은 있다.

아무튼 '모네에서 피카소까지'를 다녀온 것은 내 인생의 전환점이 될 수도 있을 만큼 나에게 정신적으로 큰 영향을 끼쳤다. 나의 아주 작은 존재를 깨달았고, 또 나의 무한한 가능성도 함께 깨달았다. 돌고 돌아 다시 찾는 바람에 남들보다 뒤늦은 예체능의 길이지만 그만큼 나를 믿고 나의 재능을 알기에 이 길을 선택했다. 오늘도 하루 종일 학원에서 그림을 그리다 와서 피곤할 법도 한데 마음이 가뿐하다. 물감 범벅이 된 옷과 얼룩덜룩 물이 든 손을 봐도 피식 웃음이 난다. 이제 나는 미술과 뗄레야 뗄 수 없는 사이가 되었다. 나는 그림으로 생각하고 그림으로 표현하며 그림으로써 대부분을 느낀다. 이것이 내가 주말을 다 바치면서까지 그림을 그리는 이유이다. 그림이 나인지 내가 그림인지 모른 채 사는 중이고, 앞으로도 나는 끝까지 그럴 생각이다.

LP와 턴테이블

차가영

"..... 나만 느끼는 여유가 아니라 다 같이 누리는 여유. 처음 턴테이블이 왔을 때 엄마가 '이거 혼수 선물이야.'라고 하셨다. 우스갯소리일지도 모르지만 정말 그래야 할 것 같다. 바리바리 싸들고 다녀야겠다 싶었다. 적어도 1980년대에 발매된 LP들과 턴테이블은 가치를 매길 수 없는 물건이 될 것이다. 우리 가족의 추억이 고스란히 담겨있으니까."

- 본문 중에서

턴테이블이라 함은, LP판을 재생할 수 있는 레코드플레이어이다. 이미 음반의 시대는 CD와 USB로 넘어갔지만 여전히 사람들이 꾸준히 찾는데다가 심지어 요즘은 오히려 LP 판매량이 늘면서 아이돌 가수도 LP로 음반을 발매하는 추세이다. 나는 예전부터 LP를 턴테이블을 통해 듣고 싶었다. 부산 보수동 책방 골목에 갔을 때 미리 LP판도 한 장 사 놓고 간간히 인터넷에 올라오는 관련 글도 읽어보고 판매처도 알아봤지만 가격대가 높아 대학교에 가서 살까 마음을 먹었을 때였다. 고단한 한 주를 마친 금요일에 턴테이블이 집에 배달되어 있었다. 처음 봤을 때 그 말로 할 수 없는 기분이란, 턴테이블은 아버지께서 지인을 통해 큰돈을 들여 사 오신 것이었다.

기쁘기도 하고 한편으로는 아버지께서 나 때문에 너무 큰돈을 쓰신 것은 아닌가 하는 생각이 들었다. 그래서 그런지 기뻐서 날아갈 것 같던 기분이었지만 한편으로는 너무 죄송스러워서 마냥 기쁜 내색을 하기에도 좀 그랬다. 안 그래도 평소에 애교가 부족한 딸이라 항상 아버지께 죄송스러웠는데 안아드릴 걸 하는 후회가 머릿속에서 계속 맴돌았다. 어영부영 하다 보니 결국 시간은 흘러갔고 난 아직도 아버지께 감사함을 전하지 못했다.

LP판은 참 신기한 소리를 냈다. 티딕티딕 하고 튀는 소리는 음반에 낀 먼지 때문이라고 하는데 이 잡음 때문에 LP를 듣는다는 사람들의 말이 이해가 되었다. CD나 MP3로 듣는 깨끗한 음과는 다르게 지직거리며 큰 스피커를 통해 가슴 깊숙이 전달되는 기분이랄까, 부모님과 나는 LP판을 듣는 것에 푹 빠져들었다. 어머니께서는 80년대 디스코에서 이렇게 음악을 틀어주었다면서 신나는 음악을 틀고 다 같이 춤을 추기도 하고, 아버지께서도 흘러간 옛 노래를 들으시면서 추억을 되돌아보기도 하시고, 나는 흔히 7080이라고 불리는 가요와 올드팝 다양한 클래식을 접할 수 있었다. 특히 부모님은 LP를 사러 부산에 당일치기로 여행을 다녀오시기도 했는데, 다양한 추억거리를 만들어 드린 것 같아서 스스로가 내심 뿌듯했었다.

처음에 한 장에 2000원에 구한 클래식 전집과 소량의 가요로 시작해서 지금은 벌써 250장이 넘는 LP를 보유하고 있다. 이중 200여 장 가량은 이모부가 지인을 통해 얻어다 주셨는데 덕분에 우리 가족과 이모네는 주말 저녁에 둘러 앉아 티비를 보는 것이 아니라 LP를 듣기 시작했다. 평소에도 티비를 끄고 LP를 듣자 가족 간의 대화는 훨씬 많아졌다. 이게 가장 큰 성과이다. 가족끼리 공감대를 형성하고 공유한다는 것은 중요한 일이었는데, 그동안은 와 닿지 않았다. 지금에라도 깨달아서 다행이다.

요즘 학업에 시달려서인지 최근에 우리 가족에게 힘든 모습만 보여줬다. 학교에서 늦게 돌아오는데다 주말에는 과외 스케줄로 가득. 본심은 전혀 그렇지 않은데 본의 아니게 계속 짜증을 내게 된다. 주말에는 내가 깨워 달라고 했는데 막상 깨우면 더 자고 싶은 마음 등등 사춘기는 중학교 때 지났다고 생각했는데 오히려 다시 시작된 듯한 기분도 들었다. 모든 고등학생의 공통점일까, 편지 한 통 끄적이기 힘든 현대의 삶에서 LP와 턴테이블 같은 아날로그 감성은 조금 여유를 주는 매개체였다. 우리 가족과 나를 하나의 끈으로 연결해주고, 대화가 많아지고, 소소한 일상의 행복과 여유를 느끼게 해주었다.

나만 느끼는 여유가 아니라 다 같이 누리는 여유. 처음 턴테이블이 왔을 때 엄마가 "이거 혼수 선물이야."라고 하셨다. 우스갯소리일지도 모르지만 정말 그래야 할 것 같다. 바리바리 싸들고 다녀야겠다 싶었다. 적어도 1980년대에 발매된 LP들과 턴테이블은 가치를 매길 수 없는 물건이 될 것이다. 우리 가족의 추억이 고스란히 담겨있으니까. 염색해도 금세 머리가 희끗해지는 우리 아빠. 화장실 거울 앞에서 새치를 뽑고 있던 우리 엄마를 보면서 무기력해지는 정신을 바로잡았다. 물론, 매번 풀어져서 다시 마음먹어야 되긴 하지만. 우리 가족을 생각하면 미안하고 내가 한심해서 눈물이 난다. 이제, 가족끼리 모여서 LP를 듣는 순간은 정말 나에게 소중한 시간이 되었고, 어느샌가 내 물건 중 보물 1위는 아빠 엄마와 나를 이어주는 턴테이블이 되어 있었다.

내가 이토록 턴테이블에 애착을 두는 이유는 가족 간의 사랑을 느꼈던 일화가 많았던 탓도 있지만, 이 삭막한 현대인의 삶에서 따뜻한 감성을 느낄 수 있다는 점이 아주 매력적으로 다가왔기 때문이다. 실제로 근 몇 년 간 복고풍, 레트로, 빈티지 풍이 굉장히 유행했고, 앞으로도 그럴 것이다. 턴테이블과 같은 아날로그적 감성은 사람들에게 치유가 될 것이고, 디지털 세계에서 조금이나마 벗어나 사람 사이를 돈독하게 해 줄 것이다. 지금 이 문명사회에서 저마다의 상처를 안고 있는 사람들은 하루 빨리 옛날로 돌아가 보기를.

비가 오면 생각나는 노래

신뉴빈

"…… 오래된 노래를 사람들이 잊지 않고 찾아 듣는 것은, 단지 그 노래가 좋아서만은 아닐 것이다. 그 노래를 듣는 것은 노래 속에 담긴 자신만의 추억을 비밀스럽게 열어보는 하나의 의식일 것이다. 지나간 첫사랑, 누군가에 대한 그리움, 즐거웠던 추억, 특별한 시간. 그것들이 오래된 노래를 잊지 않고 찾는 이유일 것이다."

– 본문 중에서

창밖엔 추적추적 비가 내린다. 그 비에 마음이 동하였는지, 오랫동안 듣지 않았던 음악 폴더에서 정철이 부른 '비가 와'를 더블클릭한다. 반년 전 자주 들었던 그 노래를 오랜만에 듣다보니 그때의 추억이 새록새록 떠오른다. 이 노래를 들으며 사랑의 꿈을 피워나갔던 그때가 머릿속을 스쳐갔다. 이제 잊혀져 가려고 하던 기억이 그 노래 속에는 고스란히 남아져 있었던 것이다.

'너 있는 곳에도 이렇게 비가오니. 누군가 함께 있니. 내가 아니지만 그때처럼 비가 오면 지금 너도 혹시 날 생각하니.' 가사 하나하나에 나의 추억이 묻어나왔다. 작년 여름 나 혼자 삭였던 짝사랑의 추억이 그 노래 속에 남아 있었다. 아, 노래는 단지 노래가 아니었다. 나에게 이 노래는 짝사랑의 기억이었다.

노래는 많은 사람들에게 여러 가지 의미로 각인된다. 같은 노래라고 할지라도 어떤 이에게는 슬픈 추억이, 어떤 이에게는 기쁨을 함께 하는 노래로 남아 있을 것이다. 사람들은 클래식이 좋다고 하지만 나의 생각은 다르다. 물론 클래식은 음악치료 등으로 널리 사용될 만큼 그 가치가 크다. 하지만 지금의 대중가요는 그것과 비슷하면서도 다른 가치를 가지고 있다. 우리의 추억을 담는 그릇, 그것이 바로 대중가요이다. 누군가의 추억을 담아두는 오래된 디스켓 같은 것이 바로 대중가요인 것이다.

오래된 노래를 사람들이 잊지 않고 찾아 듣는 것은, 단지 그 노래가 좋아서만은 아닐 것이다. 그 노래를 듣는 것은 노래 속에 담긴 자신만의 추억을 비밀스럽게 열어보는 하나의 의식일 것이다. 지나간 첫사랑, 누군가에 대한 그리움, 즐거웠던 추억, 특별한 시간. 그것들이 오래된 노래를 잊지 않고 찾는 이유일 것이다.

하지만 노래의 의미는 단지 추억을 저장하는 것에 그치지 않는다. 예전에 시험을 망치면 들었던 노래가 있다. 이상하게도 그 노래를 들으면 기분이 업 되곤 했다. 지금도 그 노래를 들으면 기분이 좋아진다. 그래, 노래는 슬픈 기억을 담는 것뿐만 아니라 슬픔을 잊게도 만들어 주었다. 우울할 땐 'Stuck in the middle'을 들으며 웃고, 나만의 고독을 즐기고 싶을 땐 'Love you down'을 들었다. 노래는 말하자면 내 인생의 비타민 같은 역할도 하는 것이다. 4분이란 짧은 시간 안에 가장 효율적으로 내 기분을 전환시켜주는 특별한 비타민. 그래서 나는 지금도 스피커를 켜고 음악을 듣고 있나 보다.

하지만 흔히들 사람들은 여전히 클래식을 좀 더 가치 있게 대한다. 이것은 우리 부모님 또한 같다. 내가 대중가요 앨범을 살 때에는 혼내시지만 클래식 앨범을 사시면 아무 말 하지 않으신다. 사람들은 왜 대중가요를 부정적인 시선으로 바라보는 것일까? 내가 대중가요를 듣는 것을 싫어하시는 우리 아빠도, 즐겨 부르는 팝송이 있으시면서 말이다. 이건 순전히 내 생각이지만, 예전에 클래식이란 상류 계층들만이 들을 수 있었던 음악이기에 그것에 대한 동경이 큰 것 같다. 지금은 클래식도 대중가요도 모두 다 향유할 수 있게 되었지만, 대중가요는 처음부터 대중들을 위한 노래였고, 클래식은 일부 부유층을 위한 노래였기에 우리는 클래식이 더 고풍스런 노래라고 인식해 버린 듯하다.

대중가요가 나에게 커다란 의미를 가지고 있는 것은 사실이지만, 그렇다고 해서 클래식을 전혀 듣지 않는 것은 아니다. 특히나 그리그의 페르귄트는 내가 가장 좋아하는 클래식이다. 가만히 누워서 그리그의 '사랑의 꿈'을 들어보면 마음이 평안해짐을 느낀다. 클래식은 내 마음을 안정시켜 주면서 편안하게 만든다. 내 생각에 클래식은 클래식만의 가치가, 대중가요는 대중가요만의 가치가 있다. 그렇기에 흔히들 말하는 '클래식이 대중가요보다 우수하다'라는 것은 크나큰 오류인 것이다.

음악은 그것의 종류가 무엇이든 간에 그것을 듣는 사람에게 큰 의미를 지닌다. 대중가요라고 해서 꺼릴 이유도 없을뿐더러 일부러 그 가치를 무시할 필요도 없다. 지금도 충분히 음악은 우리에게 추억을 저장하는 디스켓이자, 기분을 전환시켜주는 비타민인 것이다. 지금 머릿속에 떠오르는 노래 하나가 있다면 꼭 한번 들어보자.

알고 보자, 예술

정아영

"...... 고흐의 그림을 볼 때면, 알 수 없고도 신비한 아우라가 그림을 감싸고 있는 느낌도 들고, 그의 슬픔과 고독이 색채를 통해서 그림을 지배하고 있는 느낌도 든다. 이런 점에서 시중에 많은 예술가들의 삶에 대한 책이 나와 있는 것에도 이유가 있다. 단순히 교양적으로 보이려고 읽는 것이 아니다. 그들의 삶에 대한 정보를 얻고 그들의 작품을 보는 눈이 훨씬 더 넓어지기 때문이다."

– 본문 중에서

빈센트 반 고흐, 우리는 그의 그림들을 어느 곳에서든 자주 접할 수 있다. 고흐의 작품인 '해바라기'를 모르는 사람은 거의 없을 테니 말이다. 하지만 대다수의 사람들이 고흐의 삶이 불행했다는 것을 알고 있음에도, 그의 그림과 그의 삶을 따로 생각하며 그저 특이하고 기법이 이상한 그림이라고, 왜 높은 가격에 팔리는지에만 관심을 가진다. 나와 공감을 할 수 있는 사람이 있는지는 모르겠지만, 고흐의 그림을 볼 때면, 알 수 없고도 신비한 아우라가 그림을 감싸고 있는 느낌도 들고, 그의 슬픔과 고독이 색채를 통해서 그림을 지배하고 있는 느낌도 든다. 이런 점에서 시중에 많은 예술가들의 삶에 대한 책이 나와 있는 것에도 이유가 있다. 단순히 교양적으로 보이려고 읽는 것이 아니다. 그들의 삶에 대한 정보를 얻고 그들의 작품을 보는 눈이 훨씬 더 넓어지기 때문이다.

파블로 피카소도 여기에 해당한다. 사람들은 대부분 그의 작품에 대해서 많은 의문을 가지는데, "저 정도는 나도 그리겠다."라든가 "어딜 봐서 잘 그린 그림이라는 것인지 잘 모르겠다" 등의 말만 늘어놓는다. 그림 자체를 보려 하지 않고 시선과 관심이 그림의 가격에만 집중되어 있으니 얼마나 안타까운 상황인가. 그의 그림이 당대에도, 또 현재에도 비평가들에게 인정을 받는 것에는 이유가 있다. 피카소는 탁월한 그림 실력의 소유자였다고 한다. 하지만 그 실력에 자신의 개성과 사상, 그리고 피카소 특유의 정서에 그의 천재성이 더해지면서 그런 작품들이 나온 것이다.

다시 고흐의 삶으로 돌아가서, 앞에서 말했듯이 고흐가 불행한 삶을 살았다는 것은 만인이 아는 사실이고, 그의 동생 테오가 고흐의 정신적 지주였다는 것은 만인 중 반이 아는 사실이다. 하지만 고흐가 과격한 미치광이에 애정결핍자였다는 사실을 아는 사람은 많지 않을 것이다. 현대의 사람들이 '예술가' 하면 떠올리는 이미지에 얼추 비슷한 사람이 바로 고흐였다. 그는 정신착란증이 있었을 뿐만 아니라 과하게 노란색을 좋아하는 경향도 있었다. 동생이나 자신과 함께 그림을 그리던 친구들을 병적으로 늘 곁에 두려고 했으며 눈동자를 움직이지 않고 고개를 돌려 물건을 바라보는 등 거의 비정상적인 행동들로 가득 찬 삶을 살았다. 그리고 일생 동안 한 번도 그림을 팔아본 적이 없고, 자신의 귀를 잘라 창녀에게 선물을 하는 등 상상도 할 수 없는 행동들도 했었다.

그렇다면 이러한 사실을 알고 그의 작품을 감상하게 된다고 생각해 보자. 그의 '해바라기'를 보게 된다면 어떤 느낌일까? 노란색을 미친 듯이 좋아했다는 점에서 왜 그렇게 그는 해바라기를 많이 그렸는지 알 수 있고, 삐뚤고 거친 붓질에서 그의 정신적인 혼란과 알 수 없을 만큼 깊은 슬픔을 느낄 수 있다. 또 다른 유명한 작품, '아를의 별이 빛나는 밤'을 본다면? 밤하늘의 달과 별들이 모두 노란색으로 이루어진 것을 알 수 있고, 또 끊임없이 이어진 선들, 어두운 색채, 그리고 격렬하게 묘사된 밤하늘을 보면서, 내가 고흐는 아니지만 또 그의 정신세계는 직접적으로 이해할 수 없지만, 깊은 곳에서 느껴지는 그와의 정신적 공감을 이끌어 낼 수 있다. 마치 비극을 보고 정신적 카타르시스를 경험하듯이 그의 그림을 그의 인생과 밀접하게 연결시켜서 바라보면 피부로 느껴지는 특유의 감성과 거친 그의 삶이 눈과 뇌를 감싸온다. 그렇게 작품과 내가 정신적인 '공감'을 하게 되는 것이다.

미술 작품만을 말하려는 것이 아니다. 예술의 모든 분야에서도 그렇다. 문학이나 음악도 또한 그 분야를 깊게 공부하지 않는 이상은 잘 이해할 수 없는 작품들이 많다. 이런 점에서 예술가의 삶에 대해서 약간이라도 관심을 가지고 그 예술작품을 감상해 본다면, 그저 보기만 했던 이전과는 느끼게 되는 것이 다를 것이다. 조금 더 그 작품을 잘 들여다보고, 귀 기울인다면 예술을 바라보는 시선의 넓이와 느낌의 폭이 차츰 넓어질 것이라고 확신한다.

예술은 삶을 예술보다 더 흥미롭게 하는 것이라고 한다. 고개 숙이고 수학문제에 골머리를 앓으며, 문제집을 수십 권씩 쌓아가며 10대의 말랑한 청춘을 보내기엔 너무 안타깝지 않은가? 가끔씩은 답답한 현실에서 벗어나서 가까운 전시회라고 다녀오면서 머리도 식히고, 예술의 가치와 인생을 살아가는 궁극적인 목적에 대해서 생각해보는 것도 앞으로의 삶에 도움이 될 것이다. 지금은 우리가 학교에서든, 사회에서든 예술을 접할 일이 자주 없지만 시간이 흘러 먼 미래일지라도 예술이 사람들의 삶과 함께하며 삶 자체가 예술이 되는 시대가 온다면 참 좋을 것 같다.

일회용 음악

원지수

"..... 이제는 단순히 돈을 벌기 위해 노래를 만들지 않고 일회용 노래가 아니라 인기 있고 남녀노소가 꾸준히 들을 수 있는 노래를 많이 만드는 것 같다. 이제는 '보여주는 음악' 에서 '듣기 좋은 음악, 계속해서 사람들에 의해 들려지고, 불리는 노래' 를 만드는 시대가 온 것 같아서 좋다."

– 본문 중에서

주말에 음악 프로그램을 어머니와 같이 시청할 때가 있다. 그러다 보니 자연스럽게 어머니도 음악 프로그램을 볼 수밖에 없다. 볼 때마다 어머니는 "이게 무슨 노래냐. 재활용도 안 되겠다. 완전 일회용 노래다. 이런 노래가 몇십 년 뒤에라도 불리겠니. 이건 소음 공해다."라고 말씀하신다. '불후의 명곡'이라는 프로그램을 가끔씩 보게 되는데 그럴 때마다 어머니께서 "옛날 노래 봐라. 지금이라도 듣기 좋지 않니." 라고 말씀하시는데 그럴 때마다 그 말에 공감을 가지게 된다.

지금 대부분의 노래는 후크송이라고 해서 후렴구가 계속 반복되고 가사를 보면 의미 없는 가사들이 대부분이고 영어를 많이 사용한다. 그리고 전자음을 많이 쓰게 되면서 노래를 계속해서 듣게 되면 머리가 아픈 경우가 많다.

그렇지만 예전 노래들은 가사에 내용이 있고 오랜 시간이 지난 후에 들어도 좋은 곡들이 많다. 이렇게 된 이유는 아이돌이라는 음악 시장이 커지면서 아이돌이 많아지고 경쟁을 많이 하게 되다 보니 조금이라도 인지도를 쌓기 위해 노래를 대충 만들고 보여주는 음악을 많이 만들게 되었다. 보여주는 음악을 하기 위해서는 외모, 춤, 의상 위주로 무대를 꾸미기 시작하고 그렇게 되니 자연스럽게 노래는 퍼포먼스를 위해 존재하게 되고 퍼포먼스를 하기 위해서는 강렬한 음악, 전자음이 많이 들어간 음악, 사람들이 따라 하기 쉽게 반복이 많이 되는 후렴구를 가진 음악, 가창력을 많이 요구하지 않는 음악을 만들기 시작했다.

이런 노래들은 유행으로 반짝 인기를 얻게 되면서 그 시기 동안만 돈을 최대한 많이 벌기 위해서 노력한다. 그래서 몇 년 사이 아이돌이 기하급수적으로 늘어나면서 일회용 음악도 늘어나게 됐다.

하지만 요즘은 이런 경향이 많이 없어진 것 같다. 사람들이 일회용 음악들에 질리게 되고 오디션 프로그램이 인기를 끌게 되면서 '보여주는 음악'보다는 '귀로 듣는 음악'을 선호하게 되면서 실력 있는 가수들의 노래를 듣게 되고 유행을 잘 타지 않는 노래를 많이 듣는 경향이 나타난다.

예를 들어 올해 봄에 '벚꽃 좀비'라는 말이 인터넷상에서 많이 볼 수 있었다. '벚꽃 좀비'는 작년에 나온 '벚꽃 엔딩'이라는 노래를 나타내는 말이다. 그 이유는 '벚꽃 엔딩'이라는 노래가 작년 봄에 나왔는데 작년 노래가 다시 올해 봄에 음악 차트에 올라와서 1위를 차지해서 사람들이 황당한 반응을 보이며 "정말 생명력이 대단한 노래, 작년에 나왔는데 사라지지 않고 또 나왔네."라고 생각해서 올해 봄 인터넷에서 '벚꽃 엔딩'이라는 노래를 말할 때 '벚꽃 좀비'라고 말했다. 또, 몇 년 전에는 아이돌 노래가 인터넷 음악 차트 상위권을 차지했지만 요즘은 음악 차트 상위권에서 아이돌 노래를 거의 찾아 볼 수 없다. 오죽하면 아이돌 노래가 상위권에 있으면 대단하다고 말할 정도다. 그리고 오디션 프로그램에서 실력 있는 가수들이 나오다 보니 사람들이 노래를 들을 때 '보여주는 음악'보다는 '듣기 좋은 노래'를 찾게 된다. 실력 없는 사람들의 노래를 잘 듣지 않는 경향이 나타나게 되니 자연스럽게'보여주는 음악'을 많이 하는 아이돌의 음악을 음악 차트에서 찾아 볼 수 없다.

난 요즘 이런 경향이 좋게 느껴진다. 몇 년 전 유행 했던 후크송은 유행했던 순간에만 듣게 되지만 최근에는 '벚꽃 엔딩' 같은 노래는 노래가 나온 그 당시가 아니라도 꾸준히 듣게 되는 노래다. 그리고 실력 있는 가수들의 노래들이 나오다 보니 아이돌 가수들도 실력 있는 가수들과 경쟁하기 위해서 노래 실력도 쌓고 퍼포먼스는 물론

이고 노래에도 신경을 쓰는 게 보인다. 이제는 단순히 돈을 벌기 위해 노래를 만들지 않고 일회용 노래가 아니라 인기 있고 남녀노소가 꾸준히 들을 수 있는 노래를 많이 만드는 것 같다. 이제는 '보여주는 음악'에서 '듣기 좋은 음악, 계속해서 사람들에 의해 들려지고, 불리는 노래'를 만드는 시대가 온 것 같아서 좋다. 이런 경향이 오래 지속돼서 우리나라 가요가 많이 발전하고 세계에 많이 알려졌으면 좋겠다.

눈이 아닌 가슴으로 느끼기 위해

김지혜

"...... 문화유적 복원 논란의 다른 사례에 대해 알아보기 위해 인터넷을 뒤져보니 생각지도 못한 여러 가지 사례가 있었다. 그 중 하나는 놀랍게도 불국사였다. 현재 우리가 보는 불국사의 모습은 고려시대와 조선시대의 양식을 혼용해 복원하였다고 한다. 우리가 당연하고 생각하고 있던 불국사의 모습이 사실과 다르다는 사실은 나에게 큰 충격이었다."

– 본문 중에서

경주는 자타공인 아름다운 문화의 도시이다. 누군가는 평생 교과서로만 볼 수 있을 문화유산이 주변에 널려있다. 좀 더 과장해서 말해 보면 경주 어디에 있든 고개만 돌리면 신라 천 년의 역사가 깃든 유적지가 보일 정도이다. 우리 집만 해도 뒷산에 김유신 묘가 자리하고 있으니 더 이상 무슨 말이 필요할까. 우리나라의 역사를 좋아하고 공부하고 싶은 나에게 이보다 더 좋은 교육환경은 없을 것이다. 경주에 살면서 천년의 역사를 깊이 느낄 수 있다는 점은 나에게 크나큰 행운인 동시에 나에게 한 가지 의문을 생기게 했다.

'새하마노'라는 역사 동아리에서 선생님께서 하신 말은 내 머릿속에 큰 파장을 일으켰다. 그것은 경주의 대표 문화유적지 중 다수를 차지하고 있는 능들의 복원에 대한 이야기였다. 그 앞을 지나갈 때마다 당연하게 여겼던 올록볼록 예쁜 모양의 능들이 사실은 중앙이 푹 꺼진 모양이었다는 사실에 놀라기도 했지만, 무엇보다 선생님의 말씀처럼 과연 세월이 만들어 놓은 문화유산을 굳이 인간의 힘으로 변형시켜야 하는가 하는 생각이 들었다. 중학교 수준의 국사를 배운 사람이라면 돌무지 덧널 무덤 양식이라는 말을 어렴풋이나마 들어 본 적 있을 것이다. 이 무덤의 양식은 나무로 이루어져 있어 세월이 지나면 내려앉을 수밖에 없다. 그러므로 이 양식으로 만들어진 경주의 능들은 원래 볼록한 모양이 아니었음을 짐작할 수 있다. 그렇다면 굳이 꺼진 부분을 채워 올려 모양을 만들어야 했을까? 만약 능들의 형태가 복원이 되지 않은 상태였다면 나는 내가 배운 국사 지식을 더욱 더 잘 적용할 수 있지 않았을까? 이러한 점에서 볼 때 건축 문화재 복원에 대한 문제가 결코 쉽게 생각할 문제가 아니라는 생각이 든다.

문화유적 복원 논란의 다른 사례 대해 알아보기 위해 인터넷을 뒤져보니 생각지도 못한 여러 가지 사례가 있었다. 그 중 하나는 놀랍게도 불국사였다. 현재 우리가 보는 불국사의 모습은 고려시대와 조선시대의 양식을 혼용해 복원하였다고 한다. 우리가 당연하고 생각하고 있던 불국사의 모습이 사실과 다르다는 사실은 나에게 큰 충격이었다. 이 분야에 대한 해박한 지식을 가지고 있지 않은 나에겐 이렇게 역사적 사실과는 다른 형태로 문화유적을 복원하는 것이 과연 맞는 것인지 의문이 들었다.

세월의 흔적이 남아있는 유적이 더 의미가 있는 것이 아닌지 그리고 정확한 정보와 충분한 자료 없이 복원이 이루어지는 상황이 올바른 것인지에 대한 생각은 선생님의 말씀을 듣고 난 이후 나를 끊임없이 따라왔다. 그리스의 파르테논 신전의 경우 완전한 형태의 신전이 아닌 여기저기 부서지고 훼손된 모습의 신전이지만 그렇다고 해서 그 문화적 가치와 뿜어져 나오는 우아함이 덜한 것은 아니다. 게다가 전쟁으로 인해 손상을 입었다는 사실에서 또한 관련된 역사적 사실을 배울 수 있다.

하지만 문화유적의 복원에 대해 무조건적인 부정적 인식을 가지고 있지는 않다. 예를 들어 수원의 상징이 되는 화성이나 우리나라의 국보 제1일호인 숭례문을 다시 복원하는 작업 등은 그 나라나 지역의 상징이 되고 역사적 가치를 살린다는 점에서 봤을 때 긍정적인 측면이 더 강하게 느껴진다. 게다가 이러한 문화유적의 복원은 정확한 자료와 실제 모습을 바탕으로 거의 정확하게 만들어졌기 때문에 문화유적 복원의 좋은 예임은 확실하다. 경주의 역사를 몸소 느끼며 살고 있는 나도 그렇듯 국민 또는 시민들에게 나라에 대한 자긍심을 일깨워 주는데도 한 몫을 두둑히 하고 있는 듯하다.

하지만 이 또한 올바른 방식으로 복원되었을 경우에 한해서라고 생각한다. 역사적 가치를 소실하고 정확하지 않은 정보를 바탕으로 복원된 문화유산은 관광객을 끌어들이려는 목적만을 가지고 있다는 느낌이 들기까지 한다. 때문에 첫째로 복원이 필요한 유적과 필요하지 않은 유적에 대해 깊은 연구를 바탕으로 결정을 내리는 것이 필수적이며, 두 번째로 유적에서 역사의 흔적을 지우는 방향으로 복원이 이루어지지 않아야 한다는 것이다.

온고지신이라는 말도 있듯 역사는 무엇보다 중요하고 그것을 보여주는 것이 바로 문화유적이다. 우리는 지금 이런 유적들의 소중함을 깨닫지 못하고 있는 것 같다. 유적은 단지 구경을 하러 가서 인증사진만 찍고 오는 곳이 아닌, 그곳에 남겨진 우리 선조들의 삶을 바탕으로 현재의 삶의 교훈을 얻는 곳이다. 그렇기에 소중한 유적들을 잘 보존하고 필요한 정도에 한해서만 복원하는 것은 무엇보다 중요하며 경주를 포함해 전국의 소중한 문화유산들이 그 자태와 가치를 잃지 않으면서 후손들에게까지 전해 내려갔으면 하는 마음이 간절하다.